星へ行く船シリーズ 1

A Ship to the Stars series

星へ行く船

★

新井素子

Motoko Arai

出版芸術社

目次

装画　大槻香奈
装幀　名和田耕平デザイン事務所

星へ行く船

PART I

出発……早くもアクシデント

　宙港《ちゅうこう》は、ごったがえしていた。そう、いつだってここはごったがえしているんだ。俺は一種の感慨を覚えながら思う。この前宙港へ来たのは、確か、中学の修学旅行で月へ行った時だった。その時も、ここは人で一杯だったっけ……。

　あれからもう五年もたつのかあ。軽く足で空をける。小石でもけりたい処《ところ》なんだけど、つめたい光沢のリノリウムばりの床には、勿論《もちろん》石なんておちていない。あれからもう五年。いつの間にか。そう、いつの間にか、俺は十九になっちまってた。

　黒い旅行鞄を、左手から右手に持ちかえる。重いんだよね、これが。――もっとも、これが俺の全財産かと思うと、いささか軽すぎるくらいだが。それにしても、ハンドバッグなりショルダーバッグなりを持っていないのが、こんなに落ち着かないものだとは思わなかった。財布やパスポートの類《たぐい》はポケットの中なんだけれど、何となく違和感。

違和感の原因は他にもある。たとえば、サングラス。鼻の上に何か乗っかってるってだけでも妙な気分なのに、この視界の異様な暗さは何事だ。……まあ、俺の意志でかけてるんだから、文句言っても仕方ないけど。それから、靴。この靴、踵《かかと》が十センチもあんの。足挫《くじ》きそうになったの、一度や二度じゃないんだぜ。

「パスポートと切符を」

急に声をかけられて、びくっとする。俺が並んでいた列はいつの間にか進んでいて、俺は出入国管理所のゲートの前に立っていた。慌ててポケットの中をかきまわす。

「森村拓《もりむらたく》、二十一歳だね」

サングラスはずせって、言われたらどうしよう。少しどぎまぎしながらうなずく。このパスポート、兄貴のなんだ。俺と兄貴、かなり似ているし、パスポートの写真は小さくてあまり写りが良くないから、サングラスさえかけていればごまかせる自信はあるんだけれど。

「惑星シイナ行きダフネ18号の切符、降機地はシイナ――へえ、終点まで行くのか。旅行の目的は、観光。優雅なもんだな」

多少意地の悪そうな声で、でもてきぱきとパスポートのチェックをしてゆく係官の声。

「生年月日、国籍、旅券番号……よろしい。記入もれはないようだね。え？　ちょっと待ってくれよ」

係官がわりと大きな声をあげたものだから、俺、ぎょっとする。

「これは個室《コンパートメント》の切符じゃないか。……失礼、大声をあげたりしまして」

まあ、係官が驚くのも無理はあるまい。何つったって、個室《コンパートメント》！　こんな切符を持っている客、滅多に取り扱わない筈。というのは、個室《コンパートメント》っていうのは非常に珍しい部屋で、普通、一隻の宇宙船に一部屋位しかないのだ。従って料金も他の船室とは桁《けた》違いで、余程の金持ちか特殊な事情のある人でなければ、まず、こんな切符を買わない。俺？　俺は特殊な事情があるくち。

「何も申請する物はお持ちじゃありませんね」

係官の言葉づかいが少し丁寧になった。どうやら俺を余程の金持ちだと思ってくれたみたい。そうだよな、そうでなくっちゃ。その為に俺、兄貴の一番いい服拝借してきたんだもの。

「お荷物は……？」

「これ一つです」

黒の旅行鞄を示す。

「予防接種は？　すべて済ませてありますね？」

「はい」

「結構です。ダフネ18号行きの小型宇宙艇乗り場は、七番ゲートです。ライト・グリーンの表示にそっておすすみ下さい。あと六分で第三便が出ますので」

「はい、どうも」

俺は、係官に紙幣を握らせる。彼はそれこそ顔全体がほほえみ、というかいささか不気味な表情を作り、おじぎした。

「よい御旅行を」

は。多少、気が抜ける。世の中万事金次第ってのは本当だな。あまりにもスムーズ。予想していたよりはるかに簡単に第一関門の出入国管理所を抜けることのできた俺、軽く肩をすくめると、ライト・グリーンの表示にそって歩きだす。小型宇宙艇乗り場へむかう。小型宇宙艇――あ、誤解されると困るから言っとくけど、これで他の星まで行くわけじゃないからね。これでもって、宙に浮かんでいる定期宇宙船まで運んでもらうのだ。

宙港の面積の問題で、このとてつもなく巨大な定期宇宙船が着陸できないのか、船内の重力が回転による円心力で作られている為、回転をとめて着陸するのが難儀なのか、その辺のところはよく判らないけれど、とにかく定期宇宙船は空に浮いている。俺が乗るのは、淡いブルーのドーナツ型をした、ダフネ18号。灰色の空にうかぶ青のドーナツ。変な色彩。

小型宇宙艇のシートベルトをしめ、サングラスの奥の目をつむる。何も考えないことにしよう。考えることが多すぎる。だから。

そして、軽い振動。小型宇宙艇は、地球を離れた。

★

本来ならここで自己紹介なんてのをする筈なんだけれど……俺、森村拓、二十一歳。本当はこれ、兄貴の名前なんだけれど、この先ずっとこれで通すつもりだから、たった今から、これが俺の本名。

……実はね、俺、ちょっとばかりわけがあって、家出してきたところなんだ。家出ついでに故郷の星――地球からも出てゆく処。あん？　たかが家出なのに、地球出て他の星へ行くこともないだろうって思う？　ま、そりゃそうなんだけどさ。俺が地球を捨てることにした理由は、一応三つばかりあるのだ。

一つめは、すごく単純。宇宙へ出てみたいっていうのは、小さな頃からの俺の夢だったんだ。

二つめは、こういう理由。仮にも家を出た以上、志半ばにして挫け、泣いて家に帰るなんて醜態《しゅうたい》、俺、絶対さらしたくなかったし、誰かに見つかって無理矢理連れ戻されるのも嫌なんだ。その点、地球を出ちまえば。もう家へ帰ることもできないだろうし、誰かに見つかるってこともない。何せ、地球を出るのは簡単なんだけれど、入るのはひどく難儀なもんだから。

地球政府がこのどうしようもない人口増加に困り果て、積極的に他惑星への移民をすすめだしたのはいつのことだっていったっけ。確か中学の社会の時間で習ったんだけど……。

とにかく、人口増加防止と他惑星開発の一石二鳥を狙い、地球政府は、新たに他の惑星へ植民してゆく人々に有利な法律を、次々と制定していったのである。何つったっけ、昔、アメリカ大陸の開発に使ったのと、歴史的に見て同じような手だっていってたな。例えば、土地を開墾し、そこに十五年以上定住する者には、ある面積——これは地球の感覚でいうと、相当の面積だ——の土地の所有権を無条件に与えるとか、一定以上の人数が集まった植民星には自治を認めてやるとか。

また、交通機関——定期宇宙船等——には特別の援助金が出た。それにより、地球を出てゆく宇宙船の切符代はぎりぎりまで下げられて、下手をすると他惑星へ行く方が地球上の外国へ行くのより安い位になった。そのかわり、やたら高くなったのが、地球へ入ってくる船の交通費。故に今や、宇宙旅行は大金持ち専門の娯楽になり果ててしまった。行きはよいよい帰りは怖いという奴で、余程お金がない限り、一度外へ出たら帰ってこられないのだ。(あ、月だけは別。あれは地球の一部とみなされている。)

出入国管理所も同様で、地球を出る時にはおざなりにパスポートを調べるだけなのだが、入る時にはそれこそ本当に徹底して調べられる。少しでも怪しいふしのある人物は、決して地球へ入れてもらえないのだ。

まあとにかく、地球政府の政策が功を奏したためか、他惑星の資源に目をつけた一攫千金《いっかくせんきん》を夢見る輩《やから》が多かったせいか、他の惑星へ移民する人の数はぐっと増え、どこの星でも景気は上々、求人数は常に求職数を上回るようになってきた。俺が地球を出てゆく三つめの理由は、これなのである。

地球で、保証人もなしに仕事を探そうったって、そうそうろくな仕事なんてありはしない。下手をするとパートすら見つからなかったりする。その点、慢性的な人手不足で、おまけに素性のはっきりしない連中ばかりで構成されている社会なら。家出人にとって、どちらが生計をたてやすいか考えるまでもない。

ところが、ここで一つ、困ったことが発生したんだ。パスポート。未成年——あ、俺、本当はまだ十九なんだ——がパスポートを申請するためには、保護者の許可書が必要なんだ。自分の子供が家出するための許可書を親が書いてくれる筈もなく——そこで仕方なしに、俺、兄貴のパスポートを失敬してしまった。兄貴、二ヵ月後に友達と月へ遊びに行くんで、パスポートとってたから。

まあ、そんなわけで、俺、これから先、森村拓で通すから。どうぞよろしく。

★

軽いショックとともに、エンジンの音がとまった。小型宇宙艇がダフネ18号に着いたらしい。降りてちょっと歩くとロビーとカウンター。ブランディ色のガラス細工風のカウンターの奥にいた、新米風の船員に切符を渡す。

「個室《コンパートメント》のお客様ですね」

彼は、スタンプを押して、切符をチェックした。それからカウンターの内側の鍵《かぎ》置き場をのぞきこみ、不審そうな顔をしてもう一回切符を確かめ、また鍵置き場を――今度はいささか長く――のぞきこむと、先輩らしい他の船員と、困惑顔で相談を始めた。

俺が名前を偽わっていることに気づいたんだろうか。まさか。俺、切符見せただけだぜ。パスポート見せたわけじゃない。それに、あの切符は、トウキョウ・ステーションで買った、れっきとした本物だ。疑われる筋合いなんざ、これっぽっちもない。俺は、ともすれば走ってこの場を逃げだしたがっている自分の心を、懸命に落ち着かせた。そんなことしたら、余計怪しまれる。

「お客様、すみませんが……」

先輩風船員が、本当に申し訳なさそうな顔をしてこう言った。俺はさり気なく――でも実は、かなり声がうわずっていた――返事をする。

「何ですか。何かこの切符に不審な点でも？」

「いえ、とんでもございません」

この台詞を聞いて、俺、ほっとする。もみ手でもせんばかりの声。これはきっと、先方に落ち度があるんだ。そうと判ったとたん、先刻《さっき》の自分の台詞《せりふ》に対する後悔の念がわきあがってくる。あれはあきらかに、すねに傷持つ者のしゃべり方だった。それを追及されないためにも、多少尊大な態度をとった方がいいな、うん。

「実は……お客様の部屋のキーが見つからないのです」

「キーが?」

俺、いかにも腹だたしいって感じの声をだす。さぞかしこの船員たち、俺のことを嫌な客だと思ってんだろうな。個室《コンパートメント》以外の船室では、鍵をかけることが滅多にないものだから、いきおい鍵の管理はルーズになりがちで、紛失なんて日常茶飯事なんだ。従って、これくらいのことに目くじらをたてる客は、まずいない。

「……ですので、すみませんが、このスペアキーを使っていただけないでしょうか」

俺は、「判りました」とだけ言うと、不機嫌そうな様子で、スペアキーを受けとった。わお、ますますもって嫌な客だな、俺は。でも、これで連中の俺に対するイメージは、嫌な客って色一色で塗りつぶされてしまい、最初俺が見せた、あのびくついた態度のことなんて、忘れてしまうだろう。従って今の場合、これは正しいやり方なんだろうけど……畜生。

とにかく俺は、スペアキーを右手に、荷物を左手に持って歩きだす。船員二人が俺の悪口を言いだすだろうな、と思いながら。

★

五分後。俺は船の喫茶室にいた。カウンターからこっちへ直行したのだ。俺の部屋は個室《コンパートメント》だから、棚のスペースのとりあいや、ベッドのとりあいをしなくてすむ。部屋に行くのは、船が出ちまったあとでも遅くはないだろう。

先程の光景が、まだ心の中にこびりついていた。俺、嫌なんだよ、ああいうの。故意に人に悪印象を与えるようふるまうっていうのは、俺の柄《がら》じゃない。そのあとでたっぷり一時間はうじうじ後悔しなきゃならない。気分転換にコーヒーでも飲んで……ついでに喫茶室にはやたら大きな窓があるから、地球とのお別れを済ましちまおう。

コーヒーをさましながらゆっくり飲むと——猫舌なんだ——軽く髪をかきあげる。まだ長かった頃のくせ。それから窓の下をのぞく。ピンクがかった灰色の街。決してきれいだ、とは思わないし、いい処だ、とも思わない。それでも、あれが俺の故郷だ。

出発のアナウンスがはいる。シートベルトをしめる必要も何もない。アナウンスがなければ——あるいは、下の街が徐々に遠ざかってゆかなければ、船が動いていることに気づきもしないだろう。

宙港は段々小さくなってゆき、東京全体が見渡せた。単調な色彩。縦横無尽に走る道路。百

二、三十階建てのビル。good-bye, 東京さん。ごみごみしすぎてるし、人は多すぎるし、空は見えないけれど。決していい処ではないけれど、それでも――それでも、俺、あんたのこと好きだったよ。

それから。いろいろな人の顔を想い出す。good-bye, 婚約者殿。そして……good-bye, あゆみちゃん。あ、嫌《や》だ、涙。目がかすむ。慌てて上を向いた俺の目に、ぬれてぼやけた像がうつった。それは、子供の頃の自分の姿にも見えたし、ビルの五十六階の我が家のドアにも見えたし、いつも使ってた地下鉄のプラットホームにも見えた。それらの像をふり払うべく、小声でこう呟いてみる。

「さようなら、あゆみちゃん」

そして、目を閉じる――。

★

ややあって目を開けた時には、半分残っていたコーヒーはすっかり冷めていた。もう、街の様子も判らない。俺は、小銭を払うと、俺の部屋へと歩きだした。俺の部屋――あ、個室《コンパートメント》や何かのことについて、少し説明しといた方がいいかな。

船室には、普通、個室《コンパートメント》、Aクラス、Bクラス、Cクラスの四種類がある。Cクラスは、細長い空間に、ずらっとベッドとロッカーが並んでいるだけの代物《しろもの》。共同の洗面所などもついてはいるが、まさしくイメージとして寝るだけって感じ。大抵、他の星まで仕事を探しに行く失業者の類が、のっかっている。

Bクラス、Aクラスは、五人部屋か三人部屋かってだけの違い。共にベッド、浴室、簡易キッチン(でもまさか、野菜やお米かついで宇宙船に乗る人なんていないから、ここでは、お茶をわかす位のことしか、普通、しない)などが備えつけてある。

この二種類の部屋は、まあ言ってみれば家族用。一家そろって他の惑星に移住しようって人達が使う。三人用、五人用なんてのはめやすで、夫婦二人でAクラスの船室を使うこともあるし、六人家族がBクラスの部屋に何とか入っちゃうこともある。

さて、個室《コンパートメント》。これの一番大きな特色は、これを借りる人は、大抵地球へ帰って来る人だということである。

地球へ入ってくるのにやたらお金がかかるようになったので、今や、宇宙旅行は大金持ち専用の娯楽になり果ててしまったって話はしたよね。で、お金と暇をもて余していて、ちょっと宇宙旅行でもしてみようかなんて考える手合いは、少し位お金がかかっても、快適で豪華な部屋を望むらしい。それで作られたのが、個室《コンパートメント》。これは、寝室と浴室と居間の三部屋から構成されており、調度、備品等も、地球の一流ホテルの部屋に劣らない。

ただし、こんな部屋を望む人は滅多にいないので、普通、一つか二つしか作っておかない。

この船には一部屋しかない筈である。ちなみに、AクラスとBクラスは各百二十、Cクラスは百十五部屋ある筈だ。

切符の裏側に印刷してある船内の略図を見ながら。Compartmentという金文字のはいっているドアの前まで来る。ポケットからキーを取りだしドアを開けようとしたら……あれ？ドア、少し開いたところで止まっちゃう。何かつっかえてんのだろうか……つっかえてますね、確かに、鎖が。ドアの内側に、チェーンロックがかかってる。

「誰だ」

おまけに中から野太い声が聞こえてきた。

「すみません、部屋を間違えました」

俺、慌ててドアを閉める。でも、落ち着いて考えてみれば、違う鍵でドアが開く筈はなく、ドアが開く以上、ここは俺の部屋だということで……。大体、この船には個室《コンパートメント》は一つしかないのだ。

ドアの内側でチェーンをはずす気配。一人言だろう、ぼそぼそ言う声。何やってたんだ今頃、とか言っているみたい。と、ノブがまわって、ドアが開いた。背の低い、細身の男が立っていた。ベージュ系のスリーピース着て、どういうわけか、ベストのボタン全部はずして、ネクタイゆるめて、ワイシャツの第二ボタンまではずして。髪は、一体いつくしをいれたんだか聞きたくなるほどぼさぼさで、無精ひげがないのが不思議なくらいのご面相。そりゃ俺だって、個室《コンパートメント》の切符を買うほどの金持ちには見えないだろうけど、でも、このいでたちの男が、個室《コンパートメント》にいるっていうのは、まるでそぐわなかった。

「何の用ですか」

男がぶすっと聞くものだから、俺、彼の観察を中断する。

「あの……失礼ですが、この部屋の方ですか」

「それが何か」

「その……ここ、俺の部屋だと思うんですが」

「あなたの？　どういうことです」

俺、ポケットから切符を取り出し、彼に示す。確かにそれには〝四月十六日十五時三十分トウキョウ・ステーション発、ダフネ18号、コンパートメント〟という文字が打ってあった。スリーピースの男は、俺の切符をしげしげと見、それから自分のポケットから切符を取り出し、俺に見せる。あろうことかなかろうことか、彼の切符にもまるで同じ文句が打ってある。今度は俺が、彼の切符をしげしげとながめる番。どういうことだ、これは。しばらく思考が停止する。なんか初手から挫折したみたい。

――俺たち二人、相手の顔を見つめながらしばらく黙ってつっ立っていた。

★

俺と男——山崎太一郎《やまさきたいちろう》と名乗った——は、たっぷり三分間、お互いの顔の観賞会をやった後、カウンターへ抗議しに行った。俺と彼が同一の切符を所有しているという尋常ならざる事態を何とかしてもらう為。畜生、それでキーがなかったんだな。ダフネ旅行社は何をしているんだ、まったく。切符の二重売りなんて。

カウンターには、先程の新米風船員が一人いただけだった。が、彼が例の先輩風船員を呼び、先輩風船員はさらに偉そうな船員を呼び、さらに偉そうな船員は客室係のチーフとおぼしき人物を呼び、その頃には、物見高い他の旅行客がちらほら集まってきた。彼らにとっても、切符の二重売りなんて事態は、初体験だったらしい。

客室係のチーフは、最初さかんに驚いて、どうしてこんなことになったのかわからないと考えこんでみせ——でも考えこまれても困るんだよね——それからやたらと謝りだした。

「誠に申し訳ありません。こんな事故がおこる筈はないのですが……。山崎様は十三日に火星第六ステーションでこの切符をおもとめになったんですね。森村様が十四日にトウキョウ・ステーション……。とすると火星ステーションの者が、切符を売ったということをコンピュータにいれそこねたのか……。考えられない事態です。私、二十二年この仕事をしておりますが、こんなケースは初めてで……」

何年この仕事してようが、ギネスブックにのるような珍しい事故だろうが、おこっちまったものはおこっちまったのだ。謝ってもらったってどうしようもない。と、山崎氏が、俺の気持ちを代弁してくれた。

「謝ってもらっても困るんですがね」

と、この山崎氏の文句に対して、ご丁寧にチーフさん、また謝る。

「謝罪はいいから、部屋なんとかしてくれませんか」

山崎氏、あんまりチーフさんが誠心誠意謝ってくれちゃうもんで、段々居心地が悪くなってきたみたい。俺もそう。だってこれじゃ、二人してチーフさん苛《いじ》めてるみたいじゃない。

「それがその……この船には個室《コンパートメント》は一つしかありませんので……Cクラスなら、三つばかり空席があるのですが」

「それじゃ困るんです」

俺と山崎氏、同時にわめいた。山崎氏はどうだか知らないよ。だけど、俺は、本当に困るの。俺、決してぜいたく好みで個室《コンパートメント》とったわけじゃないんだもの。

「部屋を移っていただく方には、お金は全額払い戻させていただきますが」

「それじゃ困るんですってば」

俺と山崎氏、またもや同じ台詞を言ってしまう。それから俺、ふと気づく。この船には個室《コンパートメント》は一つしかない。従って、俺と山崎氏の両方が個室《コンパートメント》とるっていうのは、物理的にみても不可能である。でも俺は、何が何でも個室《コンパートメント》じゃなきゃ困るのだ。故に結論。何とか山崎氏を説得して、彼に部屋を替わってもらおう。

「山崎さん、お願いです。俺に部屋、譲ってください」

「森村さん、今、俺がそれ頼もうと思ってたんです」

俺たち、チーフさん無視して話しだす。

「そんなこと言わないで、お願いします」

「失礼だけど、部屋譲ってくれたら、払い戻しの金のほかに謝礼さしあげますけれど……」

「お金の問題じゃないんです」

「困ったな……ここでこんな言い争いしてても仕方ねえし……」

「あのう……」

チーフさん、おずおずと口をはさむ。

「あのお部屋をお二人で使っていただけないでしょうか。お金は半額払い戻しますし、ご迷惑をおかけしたことも考慮にいれますが」

冗談じゃない。困るよ、俺。と、山崎氏が俺を手招きした。小声でこう言う。

「あのな、森村さん。悪いことは言わねえから、あの部屋、譲ってくれないか。その……俺と同室すると、あんたの命、保証できなくなるんだよ」

ぎく。どういうこと、これ。

「あなたの言うことをきかないと、俺を殺すとでもいうんですか」

でも、ここで負けてはいられないのだ。仮にも、これから、この広い宇宙で一人立してゆこうっていうんだから、これくらいのおどしでびくついてたまるかってんだ。

「違うんだよ、素直に解釈してくれ。俺のまわりにいると危ないんだよ。俺、ほかの人をまきこみたくないんだ」

「するとあなた、死神か何かにとりつかれてるとでもいうんですか」

「あのな、変な対抗意識もやすなよ。頼む、俺にあの部屋、譲ってくれ」

こういうこと言われると、俺、考えちゃう。でも。

「こっちにもこっちの事情ってものがあるんで……」

段々、やじ馬の数が増えてきた。チーフさんが、再びおずおずと口をはさむ。

「すみませんが、お二人であの部屋を使ってください」

言葉づかいは丁寧だが、あきらかに今度は命令口調だった。口をはさみかけた山崎氏を、穏やかな、しかし毅然《きぜん》とした口調でさえぎる。

「森村様も山崎様もよろしゅうございますね。お二人ともあまりことが公《おおやけ》にならない方がよろしいのでしょう」

……さすがこの道二十年といおうか、だてにチーフはやっていないといおうか。謝ってばっかりなんて、とんでもないや。

「……仕方ねえな」

山崎氏、肩をすくめると、もう一回声を落として言う。

「森村さん、考え直してくれないか。本当に俺のそばにいると危ないんだ」

この、何やらすねに傷を持っているような男と同室するのと、他の多数の乗客と同室するのと、どっちがましだろう。いくらこの山崎太一郎って男が一癖も二癖もありそうでも、やはり一人のほうがごまかしやすいだろうな。

「俺、運が強いことにだけは自信があるんです」

俺は、にやっと笑ってみせる。

「あなたのまわりに、どんなすさまじい死神が徘徊《はいかい》しているとしても、まあ大丈夫でしょう」

山崎氏は〞知らねえぞ、俺は〟とでも言いたげな表情で俺の顔を眺め、それからくるりと向きをかえると、何も言わずにすたすたと個室《コンパートメント》へ向かって歩きだした。無視されたような格好になった俺は、慌てて鞄をかかえると、憮然としてその後についていった。

★

ドアは、内びらきだった。宇宙船という単語の持つ金属的なイメージをやわらげるためか、落ち着いた焦茶色の、一見木製風ドア。そのドアの前でとまると、山崎氏、変なことをした。トントン、それから少し間をおいて、トン。人差し指の先で、少しリズムをつけて、ドアをたたいたのだ。まるでノックをするみたいに。

と。と！　今度はドアの内側で妙な音がした。足音みたいな音。それから、あれはチェーンをはずす音。部屋の中に、誰か、いる！

「ほら、こんなところできょとんとしてないで」

山崎氏は俺の手首をつかむとドアを開け、部屋の中へひっぱりこんだ。鍵とチェーンをかけながら、にやっと笑う。……何となく、こういうシーンに出くわすと、俺、本能的に身の危険を感じちまうんだよな。

「そんな顔すんなよ。あんたに紹介したい男がいるんだ」

「紹介したい……男？」

「ああ、多分これからいろいろとあるだろうから、よろしくな」

俺、あわてて部屋の中へ視線を転ずる。部屋の中は、やはり、宇宙船というイメージからはほど遠かった。ソファが一つ、すわり心地の良さそうな椅子二つ、白っぽい木のテーブル、床一面のじゅうたん、端の方にキャビネットと簡易キッチン。そして、寝室へ通じるドアと、浴室へ通じるドア。部屋のまん中には、男が一人。

その男は、身の丈一九〇くらいで、ほんの少し太り気味だった。あ、太り気味って言っても、ハンプティ・ダンプティみたいなのを連想されちゃ困るんだよね。どちらかというと丸顔で、標準よりか少し肉づきが豊かって程度。山崎氏が小柄でやせぎすだから、余計そう見えるのかも知れないけれど。目と髪はまっ黒で、その少し天然パーマのかかった髪はきれいにそろえられていた。それから、同じく手入れのゆきとどいた口ひげ。服装も結構趣味がいい。年の頃は二十五、六。わりとハンサム——って言ってもいいだろうなあ。

「えっとね、こちらが森村拓さん。で、こいつが大沢善行《おおさわよしゆき》……ってことにしとこう」

大沢氏が右手を差しだす。ゆきがかり上、俺は大沢氏と握手する。

「さて、太一郎」

俺に椅子をすすめてくれた後で、大沢善行、山崎氏を軽くにらみつける。

「いったいどういうことなんだか説明してくれないかい。この森村さんって人、どうしたんだ」

「どうしたもこうしたも同室の人だ」

「同室？」

山崎氏、先程のやりとりを大沢氏に話してきかせる。大沢氏は肩をすくめる。

「何だ、じゃ個室《コンパートメント》は確保できなかったんだね」

「悪かったな」

山崎氏も肩をすくめて。

「ついついその坊やのペースにのせられて、旅行社の男に足許見られちまった」

あ、ひどい。こういう言い方ってあると思う？　坊やってことはないでしょうが。自分だって、二十二か、三か、それ位のくせに。

「で、この人と同室しなければならないことになったのか……困ったね、どうも」

「こっちだって、知らない人なんかと同室したかないですよ」

俺、極めて憮然として言う。

「それに、その大沢善行さんって人は何ですか。密航でもしてるんですか」

「そうですよ」

あんまりあっさりと肯定されてしまったので、俺、二の句がつげなくなる。

「こいつかくまってたから、俺、個室《コンパートメント》じゃなきゃ困るって言ったんだよ」

山崎氏は、ソファの俺の隣にどっかと腰をおろした。

「でね、森村ちゃん。彼が、お金がなくて密航したんじゃないってことは判るだろ」

そりゃそうだろう。個室《コンパートメント》の切符を買えるなら、Cクラスの切符、十枚は買える筈だもの。

「ちょっとばかり事情があってね、こいつ、命を狙われてるんだ」

「……俺をおどかすつもりですか」

「人の台詞はもう少し素直に解釈しなさいってば。こいつが狙われてるっていうのは事実で、だから俺たちのそばにいると、あんたもまきぞえ喰うかもしれないんだぜ」

何て返答したらいいのか、俺、困ってしまう。おびえてみたところではじまらないって気はするし、かといって淡々とこんなこと言われりゃそりゃ当然怖いし、でも、今更Cクラスの部屋へ行くなんて、意地でも言いたくないし、だいたい俺にはCクラスの部屋で寝とまりできない事情があるんだ。

「やめておきなさいよ、太一郎。森村さん、困っているみたいだよ」

「いや、自分がどういう状況にいるんだか知らせといてやる方が、むしろ親切ってもんだ。それに、森村ちゃんが個室《コンパートメント》に固執している事情がそうたいしたものでないならば、この話聞いて気が変わるんじゃないかと思ってさ。どう、森村ちゃん、気が変わった?」

「変わんない」

俺、思わず拗《す》ねたような声をだしちゃって、慌てる。おい、森村拓さん、しっかりしてくれよ。二十一歳の男は、普通間違ってもこんなしゃべり方しないぜ。気を抜くとすぐ化けの皮がはがれちゃう。

「そうか、変わんない、か」

山崎太一郎、くすっと笑う。嫌《や》だな、ひょっとしてこの人、気づいたろうか。

「どうぞ。インスタントじゃありませんよ。何かいれますか」

俺たちがごちゃごちゃやっている間に簡易キッチンの方へ行った大沢善行氏が、俺の前にコーヒーカップをおいた。

「あ、砂糖とミルクください」

それから何となく恐縮して。

「言ってくれれば、コーヒーくらい、俺がいれたのに……」

こう言っちまってから、また、後悔する。今の台詞も、二十一歳の男性にしては、不自然だったなあ。

「あ、俺のにはミルクだけ」

山崎太一郎さん、俺の方をちらっと見て。

「毒なんか入っていないから安心して飲めよ。せっかく大沢がいれてくれたんだから」

「俺、猫舌なんだ。さまさなきゃ飲めない」

「ふうん、可哀想に」

大沢さんも自分のコーヒーカップを持って、俺の正面に坐った。彼のはブラックみたい。

「森村ちゃん、あんた、そのわざとらしいサングラス、はずせよ」

ふいに太一郎さんが俺の顔を見て言った。

「別にあんたの顔がパスポートの写真と違ってたって、驚きゃしないから」

こっちが驚くよ、急にそんなこと言って。

「は……ん。どうやら図星らしいな。ひとのパスポート、盗んできたのか」

「あんたの知ったことじゃないだろ」

「そりゃまあ、そうだけどね。ところであんた、金星系移民の二世か何かかい？」

「え？」

「違うかぁ。いや、あんた、わりときゃしゃじゃない、地球人にしてはさ。手首もかなり細かったし、だいたい踵が十センチ近くある靴はいて、百六十五位だろ。かなり小さいよな」

……この山崎太一郎って男、相当観察力があるんだな。

「じゃ、そっちはどうなんだよ。そっちだってかなり小さいじゃない。百六十あるかないかだろ」

思わず憎まれ口をきいてしまう。

「いや、俺は単にチビなだけ」

俺の憎まれ口を全然気にするふうもなく、太一郎氏、悠然とコーヒーなんぞを飲んでいる。

「太一郎、あんまり森村さんをからかっちゃいけないよ」

俺たちのやりとりを聞いていた大沢さんが、くつくつ笑いながら口をはさんだ。

「だって、森村ちゃん、ちょっとからかうとすぐ感情が顔に出るんだもの。それに、俺に足許見られまいとして懸命につっぱってみせちゃって……おもしろくってさ」

なんて、にたにた笑って。ひとをてんで子供扱いしやがって。俺はすごく不快そうな顔をして、そっぽを向く。と、今度は俺の顔をのぞきこむようにして。

「かわいいとね、ついついからかってみたくなるんだよ」

俺、サングラスはずしてたもんだから、それこそもろに彼と目があってしまい、怒っていいんだかどうしていいんだか、表情の作りようもなく、そのまま視線を上にあげて、ぽけっと白い天井を眺めていた。

PART II

襲撃

はふっ、ばれちゃった

二日ほど一緒に暮らしてみると、大沢さんも太一郎さんも、ずいぶんと気のいい男だってことが判ってきて、俺は、彼らとならうまくやっていけるだろうって気分になってきた。

大沢さんは本当に紳士で――少なくとも、俺をからかって遊ぶようなことはしない。それに、話の端々から推しはかるに、どうやら彼はどこかの星の重要人物らしいのだ。大沢善行っていうのはどうも偽名みたいだし、だいたい生粋《きっすい》の地球人ではないみたい。どこかの星の、二世か三世。

で、太一郎さんは、その大沢さんのボディガードって役割みたい。でも、大沢さんと彼は三十センチ近くも背が違うし、大沢さんは筋肉質でこそないけれど体格はがっしりしているのに、太一郎さん細身。どう見ても大沢さんの方が強そうなんだよね。

ただ、この太一郎さん、やたら鋭いのだ。一言何か言うと、その裏の裏くらいまですぐ読んじまうほど。で、主に彼はその才能を、俺をからかうことに使用するんだよね。おまけに、俺がまた、莫迦正直というか単純というか、ちょっとからかわれるとすぐに反応しちまうの。なんか、いいように遊ばれてるって気がしないでもないが、悪気があってからかってるわけじゃないってことが判るから、別に俺、気にしてない。

そうこうするうちに二日たち、あと二日で最初の停車駅、タイタン・ステーションに着くってことになった。はじめのうちは、俺、わりと神経質になっていたんだけど、根が楽天的なものだから、いつの間にかすっかり、大沢さんは何者かに狙われている筈だってことを、忘れてしまっていた。そして。最初の異変は、夜、起こったんだ。

★

ここは個室《コンパートメント》であるからして、当然、ベッドは一つしかない。後で新米風船員が、寝具一式持ってきて、「どちらかの方はソファでお休みになってください」なんて言ってった。でも、俺達、実は二人じゃなくて三人いるわけ。結局、俺がベッドを譲ってもらい、大沢さんがソファ取って、可哀想に太一郎さんは、椅子にすわって足をテーブルに放りあげ、上着を毛布がわりに寝ることになった。夜になったら太一郎さん、実にすんなりと嫌な顔一つせず、

「俺、椅子で寝るよ。いつも宇宙をほっつき歩いてんだろ、屋根のあるところで寝られりゃ御の字だぜ」

って言ったんだ。

——まあとにかく、そんな訳で俺は一人で寝室に寝ていた。俺って寝つきはきわめていい方で、ついでに言うなら、あまり目ざめのよくない方。起きてしばらくの間は、頭が半分眠っている。で、その晩、俺は何か音を聞いたような気がして、目をさました。この俺が目をさますんだから、わりと大きな音だったんだろう。何かが床へ落ちたような音。

「……何?」

上半身だけ起こす。あたりはまっ暗で、人の気配はない。なあんだ、気のせいか。俺が再びベッドの中へもぐりこみ、毛布を鼻のあたりまでひきあげたら、今度は明確に人の声がした。

「おい、森村ちゃん、ここ開けろ」

太一郎さんの声と、ノブをがちゃがちゃまわす音。あ、まずい。俺、夜寝る時、寝室と居間との境のドアに鍵かけちまったんだ。

「ちょっと待って」

ねぼけまなこで立ちあがる。と。

「誰? 大沢さん?」

部屋の中に人影一つ。……んっと、ちょっと、待てよ。太一郎さんが入れないなら、大沢さんが入れる筈、ないじゃない。

「黒木《くろき》さん……」

人影は口をきいた。大沢さんとも太一郎さんとも違う声。居間と寝室の境のドアに、太一郎さん体当たりをしだしたらしい、どしんって音も聞こえだす。

「………」

背後に人の気配。わ、人影がもう一つ、俺のまうしろ。

「きゃあ！」

襟首《えりくび》つかまれてあお向けにベッドの上に押し倒されたもんだから、思わず悲鳴をあげてしまう。誰かが俺の上にのしかかってくる。わ、嫌だこの人、右手に何か持ってる。俺、無我夢中でもがく。ほおをかすめてその誰かの右手がふりおろされる。羽枕の羽毛が飛び散る。うわ、この人が持ってるの、ナイフだ。あんまりもがいたものだから、俺の喉元を押さえていた男の左手がすべり、俺の右胸をつかむような感じになる。

「いやあ！」

「わ、あんた、女か？」

「わ、嫌だ、エッチ！　いつまでそんな処つかんでるのよ！」

あたし、身をよじる。男は半ば呆然と手を放し——この機をのがしてなるもんですか。何とか彼の腕からのがれる。のと、殆《ほとん》ど同時にバタンという音がして、寝室と居間の境のドアが開いた。

「森村ちゃん、動くんじゃないぞ」

って、太一郎さんの声。それと同時に何かが飛んでくる。俺の上にのっかっていた男が、実にすばやく身をよける。居間からもれてくる光の中で、まるで映画かTVの活劇シーンみたいな光景が展開する。

俺を刺そうとした男は、細身で長身。闇の中で体の輪郭が判然としないのは、おそらく黒系の服を着ているからだろう。それに対して太一郎さんは、かなり背が低くて、光を背にしてベージュ系の服を着てつっ立っている。どう見ても太一郎さんのほうが弱そうだし、おまけに所在が非常にはっきりとわかる訳。もし、俺を刺そうとした男が飛び道具の類を持っていたら、危ないな、太一郎さん、絶好の的《まと》じゃない。

なんて思っていたら、案の定、俺を刺そうとした男は、そのナイフを太一郎さんに向かって投げつけた。

「きゃ、太一郎さん、危ない！」

あたし、思わず目をつむる。鈍い音がする。太一郎さんはひょいと身をかわしていて、男が投げたナイフは、太一郎さんの背後のドアに、深々とつき刺さっていた。

「御心配なく、森村ちゃん、俺、それほどドジじゃない」

なんて太一郎さん、にやっと笑ってウインク一つ。ちょっとお、そんなことしてる場合なのお？ この間に男は体勢をたて直していて、寝室から直接廊下へ出られるドアの方をふり向いた。この人のこと、逃がしちゃっていいんだろうか。あたし、何とはなしに彼の足に抱きついてしまい、この男、頭からひっくり返ってしまう。

「きゃ、ごめんなさい」

「莫迦、森村ちゃん、敵にあやまることないだろうが」

太一郎さんこう言うと、男の服の首のところをつかんで立たせようとする。が、いきおいあまって、男、あお向けにひっくり返りそうになり、ベッドのわきのサイドテーブルに片手ついて、かろうじて立つ。太一郎さん、今度はその彼の腹部に一発きめようとしたらしいんだけど、男はあっさりとそれをよけ、逆に太一郎さんのお腹をけっとばした。

「うわ」

体格的には、どう見たって太一郎さん、不利なんだから。形勢逆転、あお向けにひっくり返った太一郎さんの上に男がとびかかる。それを待ち構えていたかのように太一郎さん、ひっくり返ったままの姿勢で男の腹をけりあげる。男、のけぞりはするけれど、やはりここでも体格の差がものをいって、ひっくり返りはしない。

太一郎さんと男が闘っているのをあたしはしばらくの間、ちょこんとベッドの上に坐ってただ見てた。そりゃ、あたしだって、太一郎さんに加勢しようって気はありましたよ。だけどね、あなた、この二人、上になったり下になったり、実にめまぐるしく動くんだもの。下手に手を出したら、太一郎さんの方なぐっちゃいそうで。それに、体格上のハンディをものともせず、どちらかといえば、太一郎さんの方が優勢だったのだ。

ところが。何発めかの太一郎さんのパンチが見事に男の鼻にきまったとたん、形勢またもや逆転。闇の中からもう一人、やたらと背の高い男が出現したのだ。あ、そういえば、最初っからこの部屋に怪しい人影は二人いたんだっけ。

二人目の男は、やたら背が高かった。一九〇以上ある。おまけに体格もがっしりしていて……やだ、太一郎さん、圧倒的に不利じゃない。

「え……」

太一郎さんも、突然闇の中から出現した二人目の敵を見て、慌てたらしい。ほんの一瞬、隙ができる。この隙をつかれたらたまらない。と思ったとたん、あたし、思わず手近にあったものを、やたら背の高い二人目の男にむかって投げつけていた。

あたり一面、羽毛がひろがる。あたしが投げたの、先刻切られた羽枕だあ。

「ちょっと森村ちゃん……」

羽毛を吸いこんでしまったらしく太一郎さん咳きこむ。凄く苦しそう。ごめんね、これじゃ逆効果だわ。

「山仲《やまなか》、逃げろ」

第一の男、あごでやたら長身の男をうながす。太一郎さんはまだ咳きこんでいる。羽毛が気管の方にでもはいっちゃったんだろうか。

あたしがどうしていいのか判らず、あたふたしているうちに、男たちは二人とも逃げていってしまった。廊下を走り去ってゆく靴音。太一郎さんはなおも咳きこみながら、二人が消えたドアの所まで行き、廊下の方を眺め、肩をすくめてドアを閉めた。

「……ごめんなさい」

ひたすらしゅんとしているあたしの頭の上に、太一郎さん、ぽんと手をのせて、それからあたしを居間へうながす。

「どうした太一郎、逃がしちゃったのかい」

大沢さんが、ソファの上の毛布をかたづけ、あたしが坐る場所を作ってくれる。

「ごめんなさい。あたしが失敗しちゃって……」

「気にすんなよ。あの二人なら、放っといてもまた向こうから出向いてくれるから。……それよりね、森村ちゃん、あんたこれからも男で通す気なら、一人称代名詞変えた方がいいぜ」

え？　え、え、ああ!?　あたし、自分のこと、あたしって言ってる！　うわ、気がつかなかった。いつから？

「やだ、あたしったら……ん？　ちょっと待って太一郎さん、知ってたの」

大沢さんもまるで驚いていない。てことは……。

「最初っから判ってたよ」

太一郎さん、ポケットから煙草をとりだしてくわえる。それから顔をしかめて、指で煙草をつまむ。フィルターの先に血がついている。

「あーあ、飯食うの難儀だな、こりゃ」

立ちあがると浴室の方へ行く。どうやらうがいをしているらしい。

あたしが女だってこと、最初っからばれてた――そのショックが大きくて、あたしが呆然としていると、大沢さんがあたしの前にカップをおいた。湯気がたっている。

「レモンとはちみつをお湯でといたものですよ。森村さん、少し気を落ち着けた方がいい……。猫舌用にぬるく作ってあるから、飲んでごらんなさい」

「あ……どうも」

まだ少し熱かったけれど、一息に飲んでしまう。

「あの……大沢さんも判ってらしたんですか？」

「うん、まあ……ね。でも、君、わりとうまく化けてましたよ」

「男に化けやすい体型してるしね。あんた、バスト何センチあるの」

浴室から戻ってくるや否や、太一郎さんが半畳いれる。

「で？　本当の名前は何ていうの？　あきこちゃん？　あつこちゃん？」

あたしがきょとんとしていたら、大沢さんが補足説明してくれた。

「もし森村拓って名乗りたいのなら、万年筆やハンカチのイニシアル、統一しなければ駄目だと思いますよ」

そうか。両方ともA・Mってイニシアルがはいってるんだ。

「あゆみ……森村あゆみです……ねえ、どうして判ったの」

「いくら胸がなくてもね、基本的に違うんだよ、脂肪のつき方や何かが。大体、可愛いとからかってみたくなる、なんて言われて、男があんな表情するかよ」

「がっかりすることはありませんからね。職業柄、人を細かく観察する癖があるんですよ。ちょっと見ただけだと、男に見えましたよ。太一郎は、本当、なかなかうまく化けてた」

ほめられてるんだか、けなされてるんだか。でも落ち着いて考えてみれば、思いあたることがずいぶんあるんだ。まったくすんなりと、あたしがベッド使うの当たり前だって感じで寝室譲ってもらったし。

「でね、あゆみちゃん。俺たち決してあんたのこと襲ったりしないから、明日っから寝室のドアに鍵かけんなよ。今日は本当にあせったぜ。ドアが開かないんだもの」

「ごめんなさい、何となく……」

今までいつも、朝一番に起きて、鍵あけてたんだ。夜、やっぱり何となく不安で鍵かけて寝ていたものの、それがばれると、不審に思われるんじゃないかと思って。あたしはあたしなりに、女だってことが露見しないよう努力はしてたんだけど……そうかあ、最初からばれてたのかあ。

あたし、軽くため息をついた。意味のない沈黙がしばらく続く。目のやり場に困ったあたし、何となく大沢さんの顔をみつめ、それから太一郎さんに視線を移す。うわ、可哀想、太一郎さん、左のほおが少しはれてて唇に血がついている。

「あ、これ？　ドジっちゃった」

太一郎さん、あたしの視線の意味を、敏感に察する。

「どうも相手をなめすぎていたみたいだ。俺、少し自信過剰のところがあるんだな。反省しなけりゃ……煙草が吸いづらくていけない。おい、大沢、俺にも何か飲み物くれ」

あたしの隣にどっかと腰をおろす。この人は全体重をソファにぶっつけるって感じの坐り方するの。

「いいわよ、お茶ならあたしが入れる」

性別がばれちゃった以上、もう遠慮することないもの。今までずっと、あたし、大沢さんがお茶いれるのに、かなりの抵抗を感じてたんだ。

「いいよ、森村さん、坐っていらっしゃい。太一郎の飲み物っていうのは、どっちかっていうところちらだろう」

ウイスキーのボトルを示してみせる。

「あたり。口の中切っちまったからな。消毒しようと思って」

「……しみるんじゃない？」

「あのね、森村ちゃん、たいした怪我じゃないんだから、そんな心配そうな顔すんなよ」

「だって心配なんだもの」

「そんなことより自分の心配しなさいよ。タイタン・ステーションに着くまで、あんた、俺たちと行動共にしなきゃならないんだよ。あの二人、きっとまた何かしかけてくるだろう」

「タイタン・ステーションに着くまでって、二人とも、タイタンで降りるの？」

「何莫迦なこと言ってるんだよ。降りるのはあんただ」

「あたし？　どうして」

「どうしてって……あんた、まだこりないのかよ。あんたを刺そうとした男、あいつはかなり腕がたつぜ。この太一郎さんにつかまえられなかったんだから。あんたが殺されなかったの、幸運以外の何物でもないんだぞ」

どうでもいいけど、この人、自信過剰気味なの、全然反省してないじゃない。

「あのね、あたし、最初に言ったでしょ、運が強いことだけは自信があるって。あなたたちのまわりを、どんなすさまじい死神が徘徊しているとしても、まず大丈夫だって。それに、地球捨ててきた以上、これ位のことは覚悟してるわよ」

「これ位のことって……あんたね、そういうの何て言うか知ってる？　自信過剰って言うんだぜ」

「どっちもどっちっていうんですよ、そういうの」

大沢さんがふきだした。

「それにしても太一郎、その二人、そんなにいい腕しているのかい」

大沢さんは、あたしの向かい側の椅子――大体これが、いつもの彼の席なのよね――に坐って、自分のお酒なんぞを飲みだした。

「ああ。少なくとも片一方はな」

太一郎さん、少し不審そうに首をかしげて。

「俺、あいつらのこと、もっと三流の連中だと思っていたんだが」

「どうして」

「何となく寝室の方で人の気配がしたもんだから、俺がドア開けようとしただろう。そしたら、ドアに鍵がかかってた。ノブをがちゃがちゃやったら、あの物音だ。あれは、慌てたんでサイドテーブルの上の花びん落っことしちまった音だ。それ位のことで慌てるような奴なら、さほどいい腕している筈がないと思ったんだが……。だから大沢に手伝わなくていいって合図しちまったんだけどね」

……あたし、その花びんが落ちた音で初めて目がさめたんだから……お恥ずかしい。

「でも、あれ、あたしを刺そうとした人じゃなくて、もう一人のやたら長身の人がドジだったってことじゃないかしら」

名誉を挽回《ばんかい》すべく、とにかくあたし何かしゃべる。

「位置からみたって、花びん落っことしたのはあの人みたいだし、大体あの人、太一郎さんとあの男が闘ってんの、加勢するわけでもなくぽけっと見てたもの」

「それは確かなんだよ。それが判らないんだ。あの長身の男、何の為に来たんだろう。どう考えたって何の役にも立ってないし、むしろもう一人の方の足をひっぱっている……。俺なら絶対、あんなのを相棒にしない」

「ドア二つ直さなきゃいけないね」

突然大沢さんが現実的なことを言う。

「寝室と居間の境のドアは太一郎が壊してしまったし、寝室から直接廊下へ出されるドアの鍵は、おそらく殺し屋さんが壊してしまっているだろうからね。済んでしまったことをあれこれ考えるより、もう少し現実的なことを考えなくちゃね……ルームサービスじゃ、直してくれないでしょうなあ」

「俺が直しとくよ。今、何時だ？　……三時十八分？　ルームサービスが朝食持って来るの何時だっけ。それまでに直しといた方がいいな」

一息に水割り飲んじゃうと、とんとグラスをテーブルの上におく。

「まだかなり時間の余裕があるだろう……。森村ちゃん、あんた先刻、地球を捨ててきたって言ったな。家出か？」

「……うん」

「理由を話してみようって気にならない？」

「……ん……」

大沢さんが、レモン水――というか、レモン湯をもう一杯作ってくれた。今度のはかなり熱い。

「あのね……」

あたしは、話すことにした。

PART Ⅲ

想い出

遠い星と悪魔の木

あたしが家出した事情っていうのを書く前に、あたしが小さかった頃の話って奴を、ちょっと聞いて欲しい。

小学校の頃、気管支《きかんし》を痛めたあたしは、田舎にある森村家の別荘で中学時代を過ごしたのだ。田舎。ああ、本当に、どんなに心を夢でふくらませて、あたしは田舎へ来たことだろう。田舎にはあるかも知れない。舗装されていない道路が。うろのある、登ることのできる木が。ひょっとしたら、森なんかもあるかもね。森って、判る？　まわり全部が木なのよ、なんと。それも、一列に並んでいるプラタナスじゃなくて、適当に、勝手にはえてる奴よ！

夢は無残にうちくだかれた。田舎っていうのはつまり、設備がゆきとどいていないだけの都市だったのだ。森はもちろん、うろのある木なんてものはないし、道路はアスファルト。（おまけにこの道路、動かないの。自分で歩かないと目的地に着けないっていう、不便きわまりない奴。)

でも。たった一つだけ、予想だにしなかった珍しい物があった。空。ここでは、一番高いビルだって、三十階程度しかないから、地面に立ったままで空を見ることができたの。ビルの上に青い色が見えるなんて、最初は少し不気味だったけどね。

で、ある晩。夏休みだったんでこっちへ遊びに来ていたお兄ちゃんが、おもしろい物見せてあげるよって言って、あたしを別荘――六階建ての小さな奴よ――の屋上へつれてった。そこにあったのは……天然の、プラネタリウム。

月は細くて白銀色。そして、空一面に銀色の砂をばらまいたような星。銀色の――あ、よく見ると違う。赤っぽいのも、青味がかったのもある。あれが白鳥座であれが何って、お兄ちゃんが一々説明してくれた。あたしには、どうしてもそれは白鳥に見えなかったけど。

そのかわり、自分で星をつないでみたの。空の左端から右端までずっとつないで、それが道路座。右端から左端までつないでロープ座。……線ばっかしじゃつまんないな。もっと複雑な形できないかしら。

あの星と、あれと、あれをつないで三角座。あそこの四つで四角座。むこうの五つで五角座――独創性、ないわね。えーと……あは。あそこの細長いの、グッピーみたい。あれ、グッピー座ね。めだか座っていってもいいや。あ、段々調子がでてきた。左の方の星をつないだから、あたしのぬいぐるみの猫みたいになった。うん、あれ、猫座にしよう。

お星様、いくつあるのかな。百、じゃきかないわね、きっと。あたし、一所懸命、お星様数えた。二百いくつまで、数えた。

「こうして見るとさ、星って目みたいに見えない？」

お兄ちゃんがこう言った。言われたら本当に、それは目に見えた。ずっと、ずうっと前から、あたしが生まれる前から、地球を見おろしてきた、数百の目。冷たくて、感情のない、銀色の目。

それから、宇宙船の編隊にも見えた。どこか遠くから、地球を目ざして飛んでくる船。天空一杯にひろがって、あたしたちに向かって飛んでくる船。

そんなことを思っていたら、星が段々大きく見えてきた。段々大きく、段々近づいて。そして、視界一面の星。

「……お兄ちゃん、怖い」

あるいはそれは、寒い、の言い違いだったのかもしれない。夏とはいえ、こんなところで星空を眺めていると、体の芯が冷えてくる。いや、怖いから——体の芯から怖いから、寒くなってきたのだろうか。

学校で習った事実を、こんなに恐ろしい思いで認識したの、初めてだった。あれが全部、恒《こう》星《せい》かあ。恒星ってことは、そのまわりに惑星があって、さらに惑星のまわりに衛星があって。

お兄ちゃんは、熱心に、いろんな話をしてくれた。おおいぬ座のシリウス。こと座のベータ。これは二重星で、二重星ってのは、二つの太陽があるんだ。二つの太陽がある世界なんて想像つく？　よほど明るいのかなあ。お日様二つだぜえ。すばるって知ってる？　プレアデス星団つうんだけどさ。見たことない？　じゃ、今度、本見せてやる。星が一杯集まっててさ……何つうのか……本当に、きれい、だぜ。

ああ、一度でいいから外から銀河系眺めてみたいな。何だお前、銀河系も知らないの。太陽系みたいなもんかって？　ばっかだなあ、学校で何習ってんだよ。太陽が一杯集まって一つの銀河系になるの。うちの太陽なんて、銀河系全体からみたら、端っこの方のまるで田舎だぜ。でね、宇宙全体には、こういう銀河系が一杯あるんだ。アンドロメダとかマゼランとかさ。

大宇宙。大宇宙にひろがる、沢山の銀河系。その銀河系の一つのそのまた端っこの方のうちの太陽。その太陽の惑星の一つにすぎない地球。その地球のちっぽけな島国の日本。その日本の田舎の片隅にいるあたし。あたし、北海道にも四国にも九州にも沖縄にも、行ったことない。日本だってあたしには広すぎるのに。地球だってあたしには広すぎるのに。

他惑星移民。学校で習った言葉。そうか、そういう連中は、星へ行くんだ。あたしたちを見おろす、銀色の目の一つへ。ひょっとしたら銀河系を出てゆくこともできるかも知れない。まだ見たこともない、アンドロメダへ、マゼランへ。そして、もっと遠くのどこかへ。

あたし、神様なんて信じてないけど、でもこの瞬間、神様に感謝した。あたしをこの世に生みだしてくれたものに。あたしをこの時代に生みだしてくれたものに。大人になってお金をためて切符を買えば、あたしは行くことができる。今、あたしが作ったグッピー座のどこかに。猫座のどこかに。

「俺、大人になったら、宇宙へ行くんだぜ」

お兄ちゃんが言った。

「銀河系の外から銀河系全体を眺めてやるんだ」

「あたしも行く！　絶対行く！」

「お前があ？」

お兄ちゃんは、莫迦にしたようにあたしを見おろした。

「宇宙ってのは男の世界だ。女なんかにあのロマンが判るかよ」

「だってえ……あたしも行くんだもん。絶対行くんだもん」

「あああ、そうかよ。お前も行くんだな」

お兄ちゃんはそれっきり黙っちゃったけど、あたしは心の中で何回も繰り返した。

あたし、いつか必ず宇宙へ出る。いつか必ず星へ行くんだ。

そんなことを考えて、少女時代って奴をすごした。

高校にはいる頃になると、あたしの気管支の調子もまともになってきたし、進学なんて問題もあって、あたしは東京に帰った。そこでまあ平均的な高校生活なんてのを送り、平均的な女の子へと育っていった。大人になったら星へ行くんだなんて夢は、いつの間にか、日常茶飯事――ボーイフレンドのこと、テストのこと、たあいもないおしゃべり――にまぎれ、単なる夢になり果てていた。

で、そうこうするうちに、あたしは十九になり、お見合いの話がきたの。父の取引先の会社の社長の息子で二十六の若手エリートビジネスマンっていうのが。政略結婚なんていうほど大仰なものじゃないけど、多少そういう含みもあるみたいで、両親は大変乗り気だった。会ってみると、彼もなかなか素敵な人で――あたし、短大にかよってたから卒業するまで一年とちょっと、ためしにつき合ってごらんなさいって話になったの。

彼と映画見に行ったりお食事したりっていうのは、正直に言っちゃえばかなり楽しかったし、気がつくとあたしは、新居のキッチンで彼の朝食作ってあげて、

「あなた、行ってらっしゃい。早く帰ってきてね」

なんて言ってる自分の姿を空想していた。

で、そんなある日。クラスメート何人かとパフェなんて食べながらおしゃべりしていた時。あたし、愕然としたのよ。

夏子って友だちがいるの。何とはなしに、将来どうするかって話になった時、全員一致で、彼女はすぐ結婚して、かわいいお嫁さんになるだろうってことになった。彼女もにっこりほほえんでこう言ったの。

「うん、あたしもそうするつもり。就職なんて、多分、しないと思うわ」

今の時代、職を持たない女性っていうのは、それ自体わりと珍しい存在なんだけど、そう言ったときの彼女の表情があんまり自然だったものだから、あたしは何の抵抗もなく、エプロン姿で、キッチンに立っている彼女の姿を想像したのよ。それから、大きなお腹で買い物をしている彼女。優しくて上品なお母様になった幸福《しあわせ》そうな彼女の笑顔と、少し照れて彼女を見ているだんな様の顔。

あたし、脱落したな。そんな気がした。あたしが夢見ていた婚約者殿との生活は、あたしの柄《がら》じゃない。夏子こそがあの絵の中にかっきりおさまる。いや、それよりも何よりも。あたし、たまらなくなったのよ。そういう環境で、あたしは夏子みたいに幸福《しあわせ》一杯って表情ができるかしら。駄目だわ、きっと。何かが心にひっかかって。何かが不満で。このまま何もしないで平凡な人生歩むの嫌。あたし、何か、したい。でも、何を？　小さいころ見た星空が心に浮かぶ。

——でも、何を？

あたしがこんなことを考えだした矢先に、母が、例の結婚の話を正式なものにしようと言いだしたのだ。あたしは一所懸命、母に自分の気持ちを説明したんだけれど、どうにも判ってもらえなかった。

「和彦さんに何か不満でもあるの」

そんなんじゃない。

「和彦さんとなら、きっと幸福《しあわせ》になれます」

それは確かにそうかも知れない。でも。

なんてあたしが一人でじたばたしているうちに、話はのっぴきならないところまで進んでしまった。ちょうどそんなときだったのよ、兄さんが月へ行くんでパスポートとったのは。あたし、兄さんに似ているって自信はあった。パスポートの写真はあんまり写りがよくなかった。

あたしの声はかなりハスキーだった。

兄さんはとっくの昔に、宇宙へ出たいなんて夢を忘れていた。あたしだって忘れてたんだから、偉そうなことは言えないけれど、でも、

「今どき地球に住めるのは特権階級だぜ、宇宙へ出るなんてもったいない」

なんて言う兄さんに、裏切られたって印象を持ったことは否定できなかった。

このパスポート、あたしがもらう。あたし、宇宙へ出る。

あたしの心は決まったのだ――。

★

「あんた、どうしようもないお嬢さんだな」

太一郎さんが呆れたって声を出す。

「話聞いただけだと、家出までするとことないのにって気がするぜ」

「家を出たいっていうんじゃなくて、宇宙へ出てみたいって気分だったんでしょう。判りますよ、その感じ」

　大沢さんがかばってくれた。

「僕も、ちょっと違うけど、同じような夢を見たものですよ。僕は小さい頃、メディって惑星にいてね……。森村さん、メディって知ってます？　この船の三番目の駅ですよ。あそこには月が二つあるんだけれどね……どこから話したらいいのかな、僕の家の裏には、悪魔の木っていうのがはえてて。悪魔の木っていうのはね、メディに自生していた植物で枝がねじれているんですよ。ちょうど悪魔の指かなんかみたいに不気味にね」

　大沢さん、軽く息つぎして目をつむる。その時の情景を想い出そうとするかのように。それからゆっくりと話しだす。

「で、僕が五つのときかなあ、その木の一番高い枝に、大きい方の月がかかっていて。本当に、木に登ればそれがとれそうだったんですよ。お月様がね。で、僕は登ったんだ……一番高い枝までね。登って登って、ついにてっぺんの枝についたら——その木は十二、三メートルあったんで、怖くて降りられなくなっちゃったんですよ。すごい騒ぎになったなあ……。父がはしご車呼んでね。さんざんおこられましたよ。でも、どんなにおこられても、あの手を伸ばせば月がとれるって感覚、忘れられないなあ。それで僕は大学で宇宙工学とって——こんな騒ぎにまきこまれなければ、ロケット作ってた筈ですよ」

「こんな騒ぎ？」

「ああ……それは、ちょっと……こっちの話」

あたし、何故だか胸がずきんとした。こういう、お前には関係ないって態度とられるのが、何故か悲しかった。でも、それにしても。大沢さんっていい人ね。あたしの宇宙の話、莫迦にせず聞いてくれたの、彼がはじめて。太一郎さんなんか、大沢さんの話の途中で、ドア直しに行っちゃったもんね。

「ねえ、大沢さん、あなた、何で狙われているんですか」

好奇心じゃない――つもりだった。だって、本当に不思議だったんだもの。大沢さんみたいにいい人が何で命を狙われるのか。

「何でって……」

大沢さん、少しいいよどむ。それから、多少ばつの悪そうな顔をして。

「そうまじまじと僕の顔を見ないでくれないかな……。煙草吸ってもいいですか、お嬢さん」

太一郎さんなんて、こんなこと一度も聞いてくれたことないもんね。やっぱり大沢さんのほうがずっと紳士だわ。あたしは返答がわりに太一郎さんが残していったマッチをとる。大沢さんがくわえた煙草に火をつける。大沢さん、一口吸い、左手で煙草をつまんで、目を細め、煙を吐いた。その左手首の腕時計のすぐ下にほくろが一つ。あ、あたしも同じようなところにほくろがあるのよね。もうちょっと端っこの方だけど。あたし、何となく嬉しくなる。ふうん、大沢さんって、左手首にほくろがあるのかあ。うふ。

「知らないほうがいいような気もするんだけれど」

大沢さん、何だか言いたくなさそう。でもあたしは、そんなこと斟酌《しんしゃく》せず、黙って大沢さんの顔をみつめ続ける。ついに根負けしたのか、あたしの目の真剣さを認めてくれたのか、大沢さんはぼそっとこう言う。

「どこから話したらいいのかな」

やった。あたしのみつめ勝ち。

「先刻言ったメディってって星の話なんだけれども……あなたもあの星の名前位、聞いたことがあるんじゃないかな。わりと有名な星なんですよ。特に日本人の間ではね」

メディィ。そういえば、確かにどこかで聞いた名前なのよね。うんと……そう！　社会の教科書！

「金の産出だわ」

「そう。あんな小さな、人口のたいしてない、あまり歴史の古くない星が独立を認められたのは、全宇宙で第三位の金の産出量のおかげなんですよ。メディィは金取引だけで生計をたててる星と言っていいでしょうな。あとはメディィ細工《さいく》と」

メディィ細工。お父さんの書斎の馬の置き物が、確かそれだったわ。やったら細かくて見事な金の細工。えーと、確かあれについて、お父さんがもっと何か言ってたっけ。えっと……。

「あ、そうだわ。あそこ、日系移民の星なんだっけ。だから宇宙でも珍しく、公用語が日本語……」

「そう。それでよく日本の教科書に登場するんですよ。ついでにもう一つ思い出しませんか。あそこ、日本の旧制度をそのまま持ちこんでしまった星なんですよ。旧制度——天皇制」

天皇制？ そうだっけ。あ……そうだ。政治的には権力のない、象徴じみた王という位があるんだった、あそこには。何か高校の惑星史のテスト受けてる気分になってきたなあ。

「それでね。もうお判りでしょうけれど、僕は日本人じゃない——メディの人間なんですよ。まあメディ人っていうのは、人種的には日本人ですけどね。本名は、ガシュナ・ディ・メディといって……」

え？ 名字にメディって名がはいるの？ あたし、息をのむ。名字に星の名がはいるということは。

「そう……。まあ、王っていっても、日本の天皇と同じで政治上の権力はないし、多分に象徴的なものなんですけれどね……。とにかく、僕はあの星の王子なんです」

うわあ。あたし、何かとんでもない人と乗りあわせちゃったみたい。紳士の筈よね、どうりで。

「実は、ここしばらくの間、わが国では王位をめぐるごたごたが絶えなくてね……何の権力もない王位でも、やはり欲しがる人っていうのはいるんですよ」

　眉をひそめて、憂鬱《ゆううつ》そうな顔をする。

「それというのも、父が妾腹の出なので……父をかつぐ一派と、父の弟、つまり僕の叔父《おじ》をかつぐ一派とにわかれてごちゃごちゃあったらしいんです。それが今でも尾を引いていて、僕を王位につけたがらない――叔父を九代目にしたがっている連中がいるらしくて……。実際、僕も小さい頃、一度誘拐されて殺されかけたんだそうですよ。もう覚えちゃいないんですけどね。そんなことがあったんで、父は、僕を地球の知人に預けたんだけど……その父が病気になってしまったんでね。僕は王位を継ぎにメディへ帰らなければならなくなったんですよ」

「どうして……どうしてその叔父さんを放っとかれるんです」

「証拠がね。僕を誘拐した男はつかまったんですけどね、彼と叔父一派をつなぐ線は何も出てこなかったんですよ。それに、今、メディ王家内でごたごたがあるのを、他の星――特に隣の星に知られたくない……。いろいろ外交上の問題があるんでね。だから、僕がメディに帰るのも、極秘のうちにやりたかったんですけどね。人目をひかないように、普通の定期宇宙船に密航し……それでもやはり、この始末」

　あたしのせいだわ。胸が痛んだ。あたしと太一郎さん、部屋をめぐって、あんな派手な論争したんだもの。もしこの船に暗殺者が乗りこんでいるとしたら、あれに気づかない筈がない。

「ああ……そんな顔しないで。あなたのせいじゃありませんよ。むしろ僕としては、あなたをまきこんでしまったことに、罪の意識を感じているんです」

……大沢さん、優しいのね。

「それに、太一郎、彼はああ見えても、その世界ではわりと名の知れた腕のたつ人物なんですよ」

「そのとおり」

いつの間にか太一郎さんが、あたしのうしろに来ていた。

「ドア直ったよ……ああ見えてもってとこにいささかひっかかりを感じるけど、俺にまかしときゃ大丈夫だぜ」

「太一郎さんもメディの人なんですか」

あたしは大沢さんに向かって問いかけた。

「俺が隣にいるんだから、俺に向かって聞きなさいよ、そういうことは。俺は国籍、日本だよ、地球の。やっかいごとよろず引き受け業ってのやってんの」

「やっかいごとよろず引き受け業?」

「そう。Trouble is my business.」

「お前がそういう台詞を口にすると、R《レイモンド》・チャンドラーのファンが嘆くんじゃないかい」

今度は大沢さんが太一郎さんからかう。

「どういう意味だよ、それは」

……これだからあたし、わざわざ大沢さんに聞いたのよ。太一郎さんを会話に加えると話がとめどなく違う方へ流れていっちゃうんだもの。あーあ。

とにかく、ルームサービスが二人分の朝食を持ってくるまで、男たち二人はR・チャンドラー談義なんてのに、花を咲かせていた。

PART Ⅳ
襲撃
空飛ぶタバスコソース！

何もおこらないまま、無事、その日は終わった。そして、次の日の朝。あたしはいささか睡眠不足気味の頭をふって、のびをした。

宇宙船の生活で何が一番やっかいかって、あたしはやっぱり、朝と夜の問題だと思うの。地球に限らず、どこかの惑星の上にいれば、一応朝と夜の区別は自然がつけてくれるわけ。ところが宇宙船の中だと。当然のことながら、朝陽が昇るわけじゃなく、夜暗くなるわけじゃない。だから、時計によれば今が朝なんだろうけど――寝不足のせいもあって――朝だという気分、まるでなし。

「おーい、洗面所あいたぞ」

太一郎さんはいつも一番早く起きる――この表現、いささか正確ではないな。正確にいうと、太一郎さんは、果たして眠っているのかどうか、あたし判んない。彼だって人間なんだから、よもや眠らないってことはないと思うんだけど……いつも服を着たまま、椅子に坐って足を机の上に放りあげ、眼をつむっているから寝ているのかと思うと、ほんのささいな物音でもすぐ目をあけてそちらの方を眺めるし……こういう処を見ていると、〝その世界ではわりと名の知れた腕のたつ人物〟って台詞を素直に信じこもうって気分になるのよね。

「ねえ、森村ちゃん」

あたしと太一郎さん、浴室のドアのところですれ違う。

「あんた、女だってことがばれちゃったんだし、当分、個室《コンパートメント》の外へ出ないだろ。だったら、スカートはかない？」

「どうして？」

「女の子が男装しようとして男物の衣類を着てるとね——特に、そのヒール十センチの靴なんか、凄く不自然なんだ」

どうしようかなあ。一応、一番お気に入りのスカートだけは、何となく捨てるのがしのびなくて持ってきちゃったんだ。それに実際こんな靴はいて慣れない格好してるのより、慣れたスカート姿の方がずっと楽だし。

「そうしようかな」

スカートはいて、前髪わけて、女の子の格好に戻ったら。大沢さん、何て言うかしら。

そう考えたら、何だか楽しくなってきた。服を着換えて、顔を洗って、歯をみがいて、髪の毛をとかして。それから鏡の中の自分に向かって、笑いかけてみる。駄目だあ、あたし、ほんっと起き抜けは間の抜けた顔してる。

「あれ……森村さん、どうしたの」

大沢さんは、スカートはいたあたしを見て、目を丸くする。

「あの……おかしい？」

優しく首を横に振る。

「いや、可愛いですよ」

「うふ……ありがと」

「お。森村ちゃん、背が低くなったな」

太一郎さん、ご満悦の態《てい》。何よ、この人、要するにあたしの身長が問題でスカートはかせたわけ？　あたし、身長百五十五なのね。で、太一郎さん六十位。ただあたし、男装しているときは――お兄ちゃんの服着てるから――踵十センチの靴はくでしょう。あたしの方が太一郎さんより、背が高くなっちゃうの。

と。ノックの音がした。

「ルームサービスです。お食事をお持ち致しました」

きゃん。いつもより十分早い。大沢さんは慌てて浴室へ隠れ、スカートはいているあたしもそれにならう。

太一郎さんが、今起きたって感じのねむそうな声を出す。

「はい。今、鍵をあけますから」

あまり厚くない浴室のドアを通して太一郎さんの声が聞こえてくる。と。

「お、お前、だれだ！」

ばたん！

「うわ！」

「山仲、早く鍵をかけろ」

がちゃ。

「まずったな、こりゃ……」

うわ、何？　きれぎれに聞こえてきた音や声から判断するに、何やらあまり好ましくない事態が発生したみたい。もう、太一郎さんったら。俺にまかしときゃ大丈夫だなんて、誰の台詞よ。

「出てこい」

浴室のドアに向かって言っているらしい。あたしと大沢さん、顔を見合わせる。

「ちゃんとホールドアップして、だぞ」

あたし、しぶしぶノブに手をかける。そのあたしの手を、大沢さんが軽くつかむ。

「森村さんは僕のうしろにいなさい。僕が先に出よう」

「駄目よ。狙われているのは大沢さんでしょ」

「おどきなさい、あゆみさん。僕はあなたに怪我をさせたくないんですよ」

あたし、二、三度まばたく。ノブを握っていた手から力が抜ける。僕はあなたに怪我をさせたくない。あなたに、の処にアクセント。僕はあなたに……。

大沢さんは、そんなあたしの手をそっとノブから外し、あたしとドアの間に割りこんだ。両手を上げ、そのままの姿勢で出てゆく。おびえている様子など微塵《みじん》もない。

あたしは、大沢さんに続いた。

★

部屋のまん中の椅子には、太一郎さんがしばりつけられていた。こっちも全然おびえてないみたい。見ようによっては、うす笑いを浮かべているようにすら見える表情。もう、こんなときくらい、真面目になったらどうなのよ。

で、その太一郎さんの頭に、消音器でもついているのか、不格好な旧式の銃をおしあてて、例の二人組の片割れの背の高い男。確かこっちが山仲って人だわ。もう一人――黒木って人の方も、同じく旧式の銃を構えてる。銃口はぴったりと大沢さんの胸を狙って。山仲氏の腕ががたがたふるえているのと比べると、こちらさんは心憎いほど、落ち着いていた。

「はじめまして。昨日の朝早くからおいでになった時には、お会いできませんでしたな」

大沢さんは、にこやかに挨拶をする。銃口が自分を狙っているっていうのに、よ。

「黙ってろ。お嬢さん、椅子に坐んな」

最初、あたしは、呼ばれたのが自分だとは思わなかった。と、黒木氏はもう一回。

「お嬢さん、坐んなさい」

「あ……はい」

つい素直に返事をしてから慌てて。

「あなたに指図《さしず》される覚えはありませんわ」

「無関係な人をまきこみたくないんだ。言うとおりにすれば、あんたには何もしない」

「あゆみさん、お坐りなさい」

大沢さんが口をはさむ。あたしはのろのろと、テーブルの前の椅子についた。テーブルの上には二人分の朝食。おそらく、ルームサービスのふりをするため用意しておいたんだろう、コーヒーとピザ・トースト。

……と。まてよ。ということは、ですね、いずれ本物のルームサービスがやって来るんじゃないかしら。なんて思うや否や。ドアをノックする音がした。

「おはようございます。ルームサービスです。朝食をお持ちしました」

しめた、なんて思ったのもつかの間。黒木氏は全然慌てずドアを開けた。銃口は相変わらず、大沢さんの胸をぴったり狙っている。朝食を運んできた船員が息をのむ気配。

「ああ……騒がないでくれ」

黒木氏、平然と紙幣を取りだす。

「ちょっとしたゲームなんだ。気にするほどのことはない」

その紙幣を船員に握らせる。

「あ……でも」

船員氏、紙幣をすばやくポケットにしまいこんでから。

「この部屋は僕の管轄なんです。ここであまり妙なことが起こると」

「大丈夫。君の管轄の部屋にいるのは、山崎氏と森村氏だろう」

もう一枚紙幣を船員に渡す。

「森村氏も山崎氏も、怪我一つせずにこの船を降りるよ。最初からこの船に乗っていなかった人は、まさか君の管轄じゃないだろう」

船員氏、目であたしと太一郎さんと大沢さんを確認し、納得のいったような笑顔をみせる。

「ああ……それなら」

「結構。部屋を汚したりはしないからね」

駄目押しの、三枚の紙幣が、船員の手にすべりこむ。

「君は何も見なかったんだ。朝食はうけとっておこう。確かに山崎氏に渡すからね」

「はい」

ルームサービスの船員は、簡単に丸めこまれると、会釈を一つしてドアを閉めた。ちょっとお、こんなのあり？　黒木氏はうまいこと船員をおっぱらっちまうと、あたし達の方を向き、残念でしたとでも言いたげに、にっと笑ってみせた。

「大沢さんをどうする気？　殺すの？」

あたしの前のテーブルに朝食をおきにきた黒木氏を、あたし、思いっきりにらみつける。黒木氏、左眉をあげて。

「お嬢さんの目の前じゃやらないよ。ガシュナ氏には、ご足労願おう。あ、その前に、お嬢さん、しばらせてもらうよ。……明日の朝にはこの船はタイタンに着く。それまで申し訳ないがこうしててくれ」

冗談じゃない。太一郎さんが予定ほど頼りにならないと判った今、だれが大人しくしばられてなんかやるもんか。大沢さんを狙っている銃。あれさえ奪っちゃえば……。常識的に考えて、引き金さえひけば、あたしがやったって撃てる筈。しばられちまえば万に一つもチャンスはない。

「森村ちゃん、莫迦なこと考えるんじゃないよ。撃たれれば痛い」

あたしが決心をかためて黒木氏の隙をうかがいだしたとたん、太一郎さんが半畳いれる。

「莫迦太一郎！　あんたどっちの味方なの！」

思わず叫んじゃう。黒木氏、ほうっとでも言いたげな表情で、あたしを見る。もう、もう、本当に太一郎さんの莫迦。黒木氏、黒木氏ったら、まるで隙がなくなっちゃったじゃないの。それから黒木氏、少し躊躇《ちゅうちょ》する。あたしに注意すると、大沢さんの方がお留守になると思ったらしい。と。山仲氏が気をきかせて。

「黒木さん、僕がやります」

と言って、手を伸ばす。や否や。

「山仲、山崎から銃を離しちゃ駄目だ！」

「残念でした、もう遅い」

何がどうなっているのかよく判らないうちに、事態は百八十度、転回していた。山仲氏の銃口が向きを変えるや否や、太一郎さん、ひょいと椅子から立ちあがり、山仲氏の手首をねじり銃を取り上げ、腹をけっとばしたらしい。太一郎さんをしばっていた縄がはらりと下へ落ちる。

黒木氏と太一郎さん、殆ど同時に発砲する。次の瞬間、黒木氏は手首をおさえてうずくまり、太一郎さんは平然と立っていた。太一郎さんの弾《たま》は、黒木氏の手首にあたったらしい。血が一すじ、流れる。太一郎さんの肩のすぐうしろにあった棚の上のコップが、音をたてて割れる。

かといって、黒木氏も、やられてばかりじゃなかったみたい。少しよろけるようにして、体重を目一杯利用し、太一郎さんの上にのしかかる。こういうことをされると、太一郎さん不利。

黒木氏が太一郎さんの腕にのしかかっているので、太一郎さん銃を使えない。そのまましばらくもみあう。あたし、その間に黒木氏がとり落とした銃を拾うことは拾ったんだけれど、構えようとしたら、大沢さんにとめられた。確かに今撃ったら、半分位の確率で、太一郎さんにあたりそう。

で、この間、大沢さんと山仲氏が何をしていたかというと、二人共、ぽけっとつっ立って、太一郎さんたちを眺めていたのだ。こうしてみるとこの二人、結構似ているのよ。二人共背が百九十位あって、少し太り気味で。恰幅《かっぷく》のいい大男二人がぽけっと眺めて、小男とかなりやせた男がとっくみあっているなんて、変な図ではあるけれど。

ところで情勢はというと、徐々に徐々に、太一郎さんが有利になってきていた。太一郎さん、いつの間にか銃を投げ捨てていて、とっくみあいの体勢。しっかし……あたし、こんな紳士的なけんか、初めて見るわ。太一郎さんったら、黒木氏の怪我した右腕を、決して攻めないんだもの。

なんて言っているうちに。形勢再び逆転。山仲氏が、太一郎さんが投げ捨てた銃を拾ったのだ。太一郎さんも黒木氏も、それに気づいていない。でも、山仲氏の方も、銃を拾ったのはいいけれど、いささか手に余るみたい。

――なんて本当はあたし、考えている余裕なんてなかったのよ。山仲氏が銃を拾ったとたん、あたしは、一番手近にあったものを、彼めがけて投げていた。投げちゃってから、この間の羽枕の一件が心をよぎった。でも今度は大丈夫、それは無事、山仲氏に命中した。とたんに。

「ぎゃあ！」

山仲氏、顔をおさえてのたうちまわる。そのあまりの音量のすさまじさに太一郎さんたち、とっくみあい一時中断。ちょっと待ってよ、あたし、硫酸でも投げたの？　とにかく、山仲氏ののたうちまわり方は、尋常一様《じんじょういちよう》ではなかった。目から涙がぽろぽろ流れている。

「おい、森村ちゃん、あんたいったい何投げたんだ」

「何って……あ、タバスコソース」

ピザ・トーストについてきた奴。そうか、タバスコソースが目にはいっちゃったんだ。かわいそうに山仲さん、しみただろうなあ……。

と。みんなが山仲さんに注目しているすきに、太一郎さんのあごに、黒木氏のストレートが一発、見事にきまった。太一郎さん、かなり派手にひっくり返り、椅子にひどく頭をぶつける。

黒木氏が、山仲さんがとり落とした銃に手を伸ばす。

どうしよう、もう手近にタバスコソースなんてないし、ピザ・トーストぶっつけても意味ないだろうなあ……なんて、あたしが莫迦なこと考えていると。大沢さんがあたしから取りあげた銃が火を吹いた。弾は黒木氏のほおをかすめる。

「山仲、待ってろよ。絶対助けに来てやるからな」

舌打ち一つして黒木氏、立ちあがる。猛然とドアへ向かってつっ走る。その背中へ、大沢さん、もう一発。今度ははずれ。

黒木氏を追う大沢さんの鼻先でドアが大きな音をたてて閉まった。廊下を走り去ってゆく足音がひびく。大沢さんは軽く肩をすくめると、苦笑いを浮かべて、あたしたちの方をふり向いた。

★

「行っちまったか?」

黒木氏がドアの向こうへ消えてしまってから、たっぷり十秒たって、太一郎さん、もそもそと動きだす。頭をさすりながら。

「ああ」

大沢さんはドアの外をのぞき、それから鍵をかける。チェーンロックも忘れずに。

「大沢、悪いけどこの坊や、何とかしてやってくんない」

山仲さんは、相変わらず目をおさえてのたうちまわっていた。大沢さんは、山仲さんの背広の襟をつかみ、浴室の方へ連れてゆく。水の音がとぎれとぎれに聞こえてきた。

「……大丈夫?」

あたしは、鼻血をだしている太一郎さんをのぞきこむ。痛そう。

「ああ……どってことない」

そのわりには痛そうな表情。

「それにしても、勇ましかったじゃない、森村ちゃん。タバスコソースがあんなすごい武器になるなんて、初めて知ったよ」

……ふん。やっぱりどうってことないみたいね。

「……黒木さん、逃がしちゃったわね」

「あいつ？　ああ、逃がしてやったんだよ」

「…………」

「何だよ、おい、俺に対する不信感があふれてるな」

くすくす笑う。

「森村ちゃん、これ、知ってる？」

小さな、いかにも精密そうですよって感じの機械をポケットから出す。あたしは首を横に振る。

「盗聴器とレコーダーがセットになった奴。一番小型の。これのマイクの部分、どこにあると思う？」

「まさか……」

「そう。そのまさか。黒木のベルトの留め金の処。これであいつの依頼人について、少しははっきりするだろう。それにね、あいつを泳がせようと思わなきゃ、手を撃ったりするかよ。胸撃ってりゃ、それでこの件は一件落着だろ。宇宙船の外には、莫迦でかいごみ捨て場がひろがってるんだから」

「そうかしら……うふ、嘘つき」

あたし、優しく笑ってみせる。

「え?」

「嘘つきって言ったの。あなた、黒木さんを泳がす気がなくても、きっと手を狙ったわよ。黒木さんととっくみあったとき、太一郎さん絶対に彼の右腕にはさわらなかったんじゃない。あなた、本質的に優しいのよ」

「……よせよ、おい」

太一郎さん、しばらく天井を眺める。それから。

「俺、今、何着てる?」

「え? クリーム色のスーツ」

相変わらず、ベストのボタン全部外して、ネクタイゆるめて、ワイシャツの第二ボタンまで外して、非常にだらしなく。

「あいつの右腕にさわったら、汚点《しみ》ができちまうだろ。これ、結構高かったんだから」

「あゆみさん、太一郎照れてるんだよ。あなたがあんまりまともにほめたから」

まっかな目をした山仲さんをともなって、大沢さん登場。腕時計はずして、シャツの袖をひじまでまくりあげている。

「うふ。わかってます」

あたしがこう言うと、今度は太一郎さんもその台詞について文句言いはしなかった。

「さて、と」

照れかくしかな、少しきびしい声だして。

「ちょっとばかしお話しあい、なんてのしようや。え、山仲君。殺し屋さんと殺されそこねた人とが、和気あいあいとお話しするなんざ、なんとも平和的でいい光景じゃないか」

おしむらくは、太一郎さんの目の色、ちっとも平和的でなかったけど。

「まあまあ太一郎、そう凄い目つきしないで。あゆみさんが怖がるじゃないか。せっかく朝食が四人分も来たんだから、お食事でもしながら平和的にやろうじゃないか」

……こう言った大沢さんの目つきも、決して平和的とはいえなかった……。

PART V

推理

カンと運だけはいいんだから

雰囲気はあんまり良くなかったけれど、とにもかくにも、食事が始まった。太一郎さんがつがつと、大沢さん上品に、山仲さんおどおどと。あたしは——やっぱり、少し、がつがつしてたんじゃないかと思う。

落ち着いて見ると、山仲さんはかなりハンサムだった。まっ黒な髪には天然パーマがかかっていて、黒い瞳は優しそう——おどおどした色さえうかばなければね。彼もやっぱりメディの人なのかしら、異国風の顔だち。

「それにしても、あの船員はひどかったわ」

お腹がくちくなると、腹がたってきた。

「あんなに簡単に丸めこまれるなんて。絶対、抗議してやろ」

「およしなさいよ」

　大沢さんも太一郎さんも、彼にはまるで腹をたてていないようだった。

「ああいうのが当たり前なんだから」

「当たり前？　ああいうのが？」

「個室《コンパートメント》争った時の船員の応対見たってわかるだろ。一筋縄じゃいかない連中ばっかりなんだもの。それに大体一度《ひとたび》宇宙に出た以上、自分で自分の身を守るのは常識だぜ。開拓途中の惑星なんて、まだまだ無法地帯みたいなところがごろごろある」

「物騒だなあ。そんなことだから、うちの両親が、女の子が宇宙へ行くなんてとんでもないって感覚持っちゃうんだわ」

　昔あたしが、宇宙へ出てみたいって夢を話した時の両親の顔を思い出しながら言う。女の子が何を言うんですかって言った時の母の表情。お兄ちゃんがこう言った時には、男の子らしくていい夢ねって言った母なのに。その後あたしはえんえん一時間、女の子の一人旅がどんなに危ないかだの、女の子は襲われる危険性があるだの、お説教されたんだ。

「実際とんでもないことなんですよ、あゆみさん。ここは本当に物騒なんだから」

　大沢さんがこう言いながら、煙草をくわえる。あたしは気をきかせて、マッチをすってあげた。煙草をつまんだ大沢さんの左手の指。わりと長くて骨太で、山仲さんの目を洗うため袖をひじまでまくりあげており、まだ少し濡れている。手首に残る、腕時計の白い跡。

あ……んと。何か、変。今、何かが心にひっかかった。

「さて、山仲君。食事は終わりましたか」

あたしの思考は、大沢さんの台詞で中断された。

「あ……はい。ごちそうさまでした」

「では、山仲君、いささかばかり質問に答えていただきましょうか」

「え……あ、は、はい」

山仲さん、しゃきんと背筋伸ばした。先生に呼びつけられた小学生さながら。太一郎さんは、くわえ煙草でにやにやと、この情景を見ていた。

「まず、あなたのお名前からうかがいましょう」

「あ……山仲真悟《しんご》です」

「齢《とし》は」

「二十六、位でしょう……と思います」

へえ。自分の齢を聞かれたにしては、いやに頼りなげな返事だけれど、それより何より、二十六っていうのに驚いた。大沢さんと同い齢じゃない。太一郎さんより齢上だってことでもある。ちょっと信じがたいなあ。

「君の相棒は黒木君というんですね」

「はい。黒木浩介《こうすけ》さんです」

「君の依頼主は？」

山仲さん、言いかけて慌てて口をつぐむ。

「あの……すみません、忘れてしまっていて……」

「忘れた？　自分の依頼人の名を？」

「本当なんです。すみません……その……ちょっとそれだけ偶然に忘れていて……」

「忘れるわけがないだろうが」

太一郎さんがどなる。と、山仲さん、間髪をいれずに。

「すみません」

「すみませんって、俺はね、あやまって欲しいんじゃなくて」

「申しわけありません」

「お前ねえ」

「ごめんなさい」

「俺はあやまり方のバリエーション聞いてんじゃないんだよ！」

「は……はい」

「判った？　じゃ、言ってみな。あんたと黒木をやとったのは？」

「……す……すみません……」

太一郎さん、上向いて、無意味にやたら煙草をふかす。しばらくして、やっと、気をとりなおして。

「山仲、あんたが依頼人の名を言わないのは黒木が怖いからか」

今度は作戦を変えたみたい。

「でもな、どうせ黒木はあんたを助けに来ないぞ。賭けてもいい。俺が黒木なら、いいやっかい払いができたっていうんで、今ごろは祝杯あげてるところだ。黒木に助けを期待したり、黒木を怖がったりしても、意味はないいんだ」

「はあ……」

「はあってあんた、日本語判ってんのか？　黒木はまず助けに来んぞ」

「……そうでしょうね」

「え？」

「僕もそう思います。……あ、ごめんなさい、僕、何か変なこと言いましたか？　そんな顔をしないでください」

「そう思いますって……あんた、一体全体どういう精神構造をしてるんだ」

あたしたち、山仲さんの顔をみつめる。先ほどから山仲さんの態度、あれは、助けてもらうことをあきらめた、どうにでもなれって態度だったのかしら。でも、ひらき直ってうじうじするって話はあまり聞かないなあ。

「でも、実際そうでしょう」

山仲さん、おどおど声でこう続ける。

「僕みたいに、駄目な、何やらせても失敗ばかりする男は、いないほうがいいんです。黒木さんと組んだって、足をひっぱってばかりで」

「そう自分を卑下《ひげ》することないじゃない」

ゆきがかり上、あたし、山仲さんをはげますことになる。

「だって、僕、本当に駄目なんです。いつもみんなから邪魔にされて……でも、それも無理ないと思うんです。自分でも嫌になるくらい、気が弱くって……」

「黒木のやつ、何でこんな野郎を相棒にしたんだろう。理解に苦しむよ」

「黒木さんだって、好きで僕を相棒にしたわけじゃないんです。命令で仕方なく」

「命令？　じゃあ、黒木君は、君と一緒にやるって条件つきでこの仕事をひきうけたんだね」

久しぶりに大沢さんが口をはさむ。

「はあ……まあ……」

「じゃ、依頼人の神経が判んねえよ」

太一郎さん、もうこの問題は投げちゃったって感じの声。

「多分、僕が邪魔だったんじゃないでしょうか。仕事はまるでできないのに、食事は一人前食べますから」

「部下に能無しがいるからって、わざと危ない仕事渡してそいつの始末つけようなんて上司がいるもんか。……ちょっと待てよ、あんた、暗殺団か何か知らんけど、そんな危なっかしい仕事、してたのか？」

「いいえ、僕は今まで、おじさんの家の手伝いをしていたので……」

「だろうな。あんたみたいな男にまかせられる仕事っていったら、せいぜい部屋のそうじか庭の手入れがいいところだろうからな。……でも、じゃ、何で、家事手伝いやってた男が人殺しに一枚かむんだ」

「だから、僕が邪魔になったおじさんが……」

「するってえと、依頼人っていうのは、あんたのおじさんか」

「あ……いえ、あの……すみません」

「あんたなあ、頼むからあやまるな。今度あやまったらひっぱたくぞ」

「それにしても、ずいぶんひどいおじさんじゃない」

あたし、頭にきた。

「いくら役立たずでも――あ、ごめん、いくら何でも血をわけた甥《おい》を……」

「違うんです。おじさんっていうのは、血縁上の叔父じゃなくて、その、僕……」

「その、僕がどうしたって？」

太一郎さんいらいらと、山仲さんの台詞をひったくる。この人、本当に短気だわ。

「その、僕……みなし子だったので……三つの時からおじさんに育ててもらって……」

「だって山仲さん、あなた、犬や猫じゃないんでしょ。いくら今まで育ててもらったからって、何も殺されにやって来なくたって……」

「犬や猫だって、こんな莫迦面さげて、のこのこ殺されにやって来やしないよ」

「太一郎さん、その言い方ってあんまりよ」

「すいません、僕のことでけんかしないでください」

「あやまるなって言っただろ！」

……もう、何が何だか。いずれにせよ、あたしには一つ判ったことがある。山仲さんのおじさんがどんなにひどい人かってこと。山仲さんがこんなにおどおどして情けない人柄になっちゃったのは、すべてそのおじさんとかいう人の教育が悪かったせいに違いない。

ぱん！　大沢さんが、一回、手をたたいた。

「二人共落ち着いて。山仲君、君の〝おじさん〟について、もう少し話してみてくれませんか。ゆっくりでいいからね」

「……その……それは……すみません……」

「あやまるな！」

「ごめんなさい！　あ、あ、いえ、その、忘れてしまっていて……」

「あんたね、仮にも三つの時から育ててくれた人を忘れたってことはないだろう」

「あ……あの……でも……」

「は、判ったよ。やり方を変えよう」

何を思ったのか、太一郎さん立ちあがると、部屋の隅に転がっていたタバスコソースのびんを拾ってくる。タバスコソースは、半分くらい残っている。

「これが目にはいった時は、さぞかししみたろうな」

「はい。……あ、いえ、もう平気です。いろいろとご心配おかけ致しまして」

「……何で俺が殺し屋さんの目の心配までしなきゃなんねえんだよ。俺が言いたいのはね、これがまた目にはいったら、痛いんじゃないかってこと」

「……は？」

「は？　じゃないんだよ、もう！」

太一郎さん、ぐいっと手を伸ばして、山仲さんのあごをつかむ。平生より声に迫力をこめて。

「あんた先刻っから黒木を怖がってるらしいけど、必要なら俺だって充分怖い男になれると思うぜ」

山仲さんの顔が、もろ、恐怖でひきつったって感じになる。その恐怖におののく様があんまりストレートなので、太一郎さん少し鼻白む。それから気をとり直してもう一回。

「え、山仲ちゃん。あんたのおじさんってのは、どこのどいつなんだ」

一拍おいて。

「そう、言いたくないわけだな、あくまで。それならそれでいいんだ」

タバスコソースのびんを弄《もてあそ》ぶ。

「あ……あのお、す……すみません、ぼ……僕……」

「あんた仮にも殺し屋だろ！　人を殺しに来といて、すみませんで済むと思ってんのか！」

「殺す気なんてなかったんです！」

「殺す気がなくて、俺に銃をおしあてたわけ」

「本当です、信じてください」

「無理通したって道理がひっこむかよ！」

「本当に僕達、単に二、三回、あなた方をおどかせって言われただけで……」

「この野郎!!」

太一郎さん、タバスコソースを構えて、山仲さんにのしかかる。とたんに、山仲さん、くてっという感じで椅子にもたれかかる。

「え？」

太一郎さん、ゆっくりタバスコソースをわきにおき、くるりと向きを変え、テーブルを思いっきりぶったたいた。嫌な音がして、テーブルにひびがはいる。

「お……俺、もう嫌だ。森村ちゃあん……」

「何、どうしたの太一郎さん」

「この野郎、気絶しちまった……」

★

大沢さんと太一郎さんは、山仲さんたちが大沢さんを殺す気はなかったという件について、議論を始めた。で、その間。あたしはあたしで考えごとをしていたのだ。今、気づいたの、何が変だったのか。

一応、用心のため、気絶した山仲さんを椅子にしばりつけたんだけど、その時、あたし、彼の両手をおさえていたの。で、彼の左手のほくろを見て思い出したのよ。先刻の大沢さんの手首。腕時計をはずした白い跡。ほくろやしみなんて一つもない、白い跡。左手首にあったほくろは、どこへ行っちゃったわけ？

いろいろと思いあたることがある。例えばルームサービス。例えば。もし。もし大沢さんが……だとしたら……大体つじつまがあう。

「あの……大沢さん」

「ん？」

男たち二人、会話を中断する。

「間違ってたらごめんなさい。ひょっとして……大沢さん、にせ者の王子――おとりなんじゃありません？」

「おやまあ」

太一郎さん、目を大きくあける。大沢さん、視線を上へあげる。——大体、これで答えになりますな。

「おい、大沢。俺、そんなにドジ踏んだっけ」

たっぷり五秒の沈黙の後、太一郎さんは少しおどけた声をだした。

「森村ちゃんなんかに見破られるようなドジを、さ」

「……やっぱり」

「あゆみさん。どうして判ったんですか」

「……ほくろが消えていたから」

「え？　ああ……先刻、水につけたから……しかし、よくこんなものに気づきましたね」

「うん、それは……ね。で、何で大沢さんったら、手首にほくろなんて描いたんだろうって思ったの。それから、ほくろは人を識別する時の目印になるってことに気づいて。それに、大沢さんがにせ者だとすると、話がよくわかるんだもの。例えば黒木さんを泳がせたでしょう。もし大沢さんが本物なら、いくら太一郎さんの腕がよくても、そんな危ないことしないと思ったんだ。それに、船員っていうのが、あんなに買収しやすいものなら、太一郎さん、あたしとの個室《コンパートメント》争いをもっとうまくやれたんじゃないかと思って……。あれ、刺客に気づかせるために、わざと派手にやったんでしょ？」

「あたり。……だけどね、森村ちゃん、俺達、本当にあんたをまきこむ気はなかったんだ。予定では、船が出航する前に、あんたと俺は個室について争うはずだったんで……。船に乗ってから出航するまでの間、あんた何してたんだよまったく……。地球を出る前で他の船に乗り換えられる時だったら、あんた、俺に部屋を譲ってくれたろう」

「うん、多分。……あん、ちょっと待ってよ。てことは切符の二重売りも……」

「俺がしくんだの。二十年以上この仕事やってる船員さんが、いまだかつてお目にかかったことのない事故だっていってたろ。そりゃそうなんだよな、わざと起こした事故なんだから」

「へ……え……」

あたし、少しあきれて、少し感心して、それから立ちあがる。

「お茶でもいれるわ。お茶飲みながら、もう少し詳しく話してくれない」

★

「何て言ったらいいかな。僕はにせ者なんだけれど本物なんですよ」

大沢さんは、大体こんな話をしてくれた。

ガシュナ氏は――本物のガシュナ・ディ・メディ氏は、もう、いない。三つの時誘拐され殺されかけた、というのは半分嘘で、ガシュナ氏はこの時、殺されてしまったのだ。必死の捜査にもかかわらず、ガシュナ氏を救いだすことはできず、彼の死体はおろか、当時彼が身につけていたものすべてが発見されなかった。

王は当然悲しんだ。でも、悲しみよりも強いある感情が心の中にわきあがってくるのを、王はおさえることができなかった。憎しみ。彼の一人息子を殺した、異母弟への憎しみ。

王子がいなくなった今、正統な王位継承者が弟だとしても、彼は弟に王位を与えることだけは、絶対許せなかった。王は、王子は救いだして地球の知人に預けたと発表した。もちろん、王弟――シンジュという人物は、それが嘘だということを知っていた。でも、それを主張することはできなかった。それを主張するということは、自分たちが王子を殺したことを主張することになってしまうから。

一方、王は、王子の養育係であったケヴィという人物に命じて、王子に似た少年を捜させた。ガシュナ王子の身替わりを作るために。そして、大沢さんをはじめとする、五人のにせ者が作られた。彼らは地球へ送られ、ケヴィ氏のもとで、王子のにせ者として教育された。

そして今。王が病の床に倒れた。最も王に似た青年となった大沢さんは、王子としてメディへ帰り、王は彼をメディ中に、自分の息子として発表する。指紋や遺伝子の検査をされれば、大沢さんがにせ者だということは、すぐ露見してしまう。王弟派にそれをさせないためにも、王が生きているうちに大沢さんはメディに帰り、国中に彼が王子だと大々的に宣伝しなければならない――。

見せてもらったシイナ王の写真は確かに大沢さんによく似ていた。背の高い、少し太りぎみの、天然パーマのかかった黒髪の王。この写真を先に見ていたら、あたし、大沢さんがにせ者だなんて、思わなかったろう。

「次の駅――タイタンで、そのケヴィ氏が乗ってきますよ。殺し屋が何かしかけてくるとしたら、トウキョウとタイタンの間だと予想してましたんでね……。太一郎のおかげで王弟派が王子を暗殺しようとした証拠になるかもしれない音源も手にはいりそうだし」

小型盗聴器を指で軽くはじく。太一郎さんは、大沢さんからその小型盗聴器をとりあげ、くるっと回してみたりして。

「そのケヴィってのの、嫌な爺《じい》さんだぜ。うるさがたでさ……。何で爺さんだけ、タイタンで乗ってくると思う？　大沢が殺されても、ガシュナ氏のスペアは四人いるけど、爺さんのスペアはいないからだってさ」

「太一郎！」

「判ってますって。依頼人に対しては、敬老精神を目一杯発揮するよ」

煙草をくわえたままで、大沢さんにウインク一つ。

★

その日は無事終わり——と、書きたいんだけれど、実をいうと少しまずいことがあった。盗聴器がおかしくなったのだ。あの後で、録音されている筈の会話を再生したんだけれど……最初のうちはよかったのよ。おそらく怪我の手当てをしているんだろう物音と、黒木氏のうめき声や何かが聞こえてきて。

ところが、三十分くらいすると、それがぴたっと止まった。で、もう三分くらいすると、今度は、不特定多数の人の雑多な会話が聞こえだしたのだ。どこぞの星の景気の話とか、最近増えてきた宇宙船強盗の話とか。

「畜生、喫茶室だ」

太一郎さんは腹だたしげにこう言うと、ぷいと部屋を出てゆき、二十分位して帰ってきた。手に、黒木氏のベルトをつけた筈のマイク持って。喫茶室の二番テーブルにくっつけてあったそうだ。

また、山仲さんはあの後二回ばかり目をさまし、その度に同様の経路をたどって精神的逃亡を企て、成功していた。どうやらこの人には、こういう才能があるらしい。

とにもかくにも。またもや寝苦しい一夜があけ——あたし、もう完全に睡眠不足——船は、タイタンに、着いた。

ケヴィ氏は、もう七十近いような、白髪の老人だった。ただ、若い頃かなり体をきたえたらしく、腰は曲がっていなかったし、老人らしいところ皆無。ケヴィ老にくっついてきた二人のボディガード——名前は教えてくれなかった——は、共にかなりの大男で、前身は格闘技の選手か何かだわ、きっと。

「このあたりでは屈指の腕ききだという評判は、あまりあてにならないようですな。殺し屋はとり逃がすし、第三者にまで秘密を知られてしまうなんて」

ひとしきり状況説明を聞きおえると、ケヴィ老は、片目で太一郎さんの方を見、うさんくさげにあたしのことをじろじろながめ、聞こえよがしにこう言った。

「本来なら、伝統あるメディ王家に近づけもしない人物なのに。ガシュナ様と対等に口をきくなぞ、まったく分《ぶ》をわきまえていない……」

太一郎さん、聞こえないふりしてる。これ以上言っても仕方ないと思ったのか、ケヴィ老は、大沢さんの方を向き——太一郎さん見てた時と全然表情が違うのよね——こう聞く。

「さて、ガシュナ様、今後の問題なんですが」

だれも見ていないっていうのに、大沢さんのことガシュナ様と呼んで。

「どうしましょう、その黒木とかいう男をつかまえますか。右腕を撃たれているという目印があるなら、すぐ判ると思いますが」

「そうだな……太一郎、君はどう思う？」

太一郎さんは、俺が口を出してもいいのかと言いたげな顔でケヴィ老を見、それからこう言った。

「むしろ黒木を見張らせたほうがいいと思う。まだあいつがこの船に乗っていて、自分が見張られていることに気づかないならば」

しばし沈黙。ケヴィ老が、あんまり完全に、今の太一郎さんの台詞を無視してしまったものだから、大沢さん、仕方なく口をはさむ。

「ということですよ、爺や」

「片腕を負傷した男は、今のところまだ下船していません」

「へえ。船の入り口を見張らせてるのか。さすがやることにそつがないな」

ケヴィ老も他の二人も、この太一郎さんの台詞にはまるで相づちをうってくれなかったので、可哀想に太一郎さんは、気まずげに黙ってしまう。

「それに、彼らなら、黒木とかいう男に気づかれずに彼を見張ることなど、たやすいでしょう」

太一郎さんが黙ると、ケヴィ老、ボディガードに目で合図をしてこう言う。二人は、音もなくドアを開け部屋を出ていった。

「それから、この山仲という男ですけれども、彼はどうしたものですかな、ガシュナ様」

気絶している山仲さんを見て言う。

「彼の扱いに不満でもあるんですか」

と、大沢さん、ケヴィ老の表情を読んで。

「どうして彼に依頼人の名を白状させないんですか。その他にも彼は、有益な情報を沢山持っているでしょうに」

「できなかったんですよ。山仲君はどうも気絶しやすい質《たち》らしいんでね」

「それは、その男がや、ら、な、か、ったんですよ」

太一郎さんの方を、ちらっと見る。

「彼なら、いくらでも、効果的な拷問の方法を知っているでしょうに」

「言っとくけど、俺、その手のことはしないからね」

間髪をいれずに太一郎さんは言う。

「俺は大沢のボディガードをひきうけただけだ。殺し屋さんをどうこうするなんて仕事は、ひきうけた覚えもないし、ひきうける気もないよ。それに、そいつは何も知らんだろう」

「どうして」

「黒木が助けに来ないからさ。俺が黒木なら、絶対こんなやつを一人、敵の陣中におきっ放しになんかしない。何しゃべられるか判ったもんじゃないからな。自白剤か何か使って、こいつから依頼人のことを引き出したって、出てくるのは、中肉中背のありふれた顔をした、山田とか鈴木とかいう人物のことだけだろうよ」

「僕もそう思う。爺や、彼をいためつけようなんてことは、思わないでくれたまえ」

「そうですか。ガシュナ様がそうおっしゃるなら……」

ケヴィ老は、すごく不満そうな目つきで、太一郎さんをにらみつけた。

★

「すまんな、太一郎。爺やのことを気にしないでくれないか。根はいい人物なんだが……」

ケヴィ老たちが出ていった後――彼らは、タイタンで降りた夫婦が使っていたAクラスの船室にはいることになっていた――大沢さんが、本当に申しわけなさそうに、こう言った。

「あれいちいち気にしてたら、とてもこんな商売やってられないよ。依頼人――特に金持ちなんてのは、みんなあんなもんだからな。ボディガードなんざ、人間と思っちゃいないんだから。……ま、俺の敬老精神がどこまでもつか、見ててくれよ」

太一郎さんはこう言って、にやっと笑う。

――とにもかくにも。変化のない日が四日ばかり続いた。明日は船が二つめの駅、カドゥバ・ステーションに着くって日の午後。あたしたち三人プラス椅子にしばりつけられた山仲さんは、なごやかに、お茶なんぞ飲んでいた。と。

トントン……それから少し間をおいて、トン。おなじみのノックの音がした。この変わったノックの仕方は、あたしたちの間の約束で、これにより、仲間と船員を区別するのだ。

「何だろう」

大沢さんが不審そうな顔でチェーンをはずす。あたしたち四人は部屋の中にいるんだから、当然ケヴィ老かボディガード氏のノックなんだろうけれど、彼らがこの部屋にやって来るのは、船に乗った日以来だ。

「どうぞ、爺やかい、それとも」

大沢さん、驚きのあまり後の台詞をのみこむ。ドアのところに立っていたのは、黒木さんだった。

PART VI

来客

ひっくり返ってしまった構図

「こいつは……ようこそ」

まっ先に、まともな反応を示したのは、太一郎さんだった。にこやかに立ちあがると、黒木さんに椅子をすすめる。顔だけ見てると、何年ものつきあいの親友に椅子すすめてるみたい——顔だけ、よ。いつとりだしたのか、太一郎さんの手には銃があり、銃口は黒木さんの胸をぴったりとねらっていた。黒木さんはいっこうに慌てることなくドアを閉め、鍵と、ご丁寧にチェーンまでかけ、両手を軽く上にあげてみせる。

「丸腰だよ」

「本当かな」

太一郎さん、にやっと笑うと大沢さんにウインク一つ。大沢さんもウインクを返すと、黒木さんの体を簡単にチェックした。

「失礼……あなたは正直な方ですな。どうぞおかけください」

黒木さんは、山仲さんがしばりつけられている隣の椅子に腰をおろす。

「お茶でもいれましょう。ミルクと砂糖は？」

「結構」

大沢さんがやかんに手をかけたものだから、あたし、急いで立ちあがる。

「あたしがやりますから」

大沢さんは、どうもとか何とかつぶやいて、先ほどまで太一郎さんが坐っていたソファに腰をおろす。

場所をとられてしまった太一郎さんは、黒木さんの方を向いて、テーブルの上に腰かけた。明るいところでながめると、黒木さんは、第一印象以上にやせていた。すらっとしたっていうと聞こえはいいけれど、針金みたいな手足。髪と目は茶色がかっていて、つら構えのふてぶてしさは太一郎さんといい勝負。

「あのノック、どうして判った」

黒木さんは、黙って山仲さんがしばられている椅子の下に手を伸ばし、黒い豆粒大の盗聴器をとりはずした。太一郎さん、天井向いてため息をつく。

「俺をその椅子にしばった時つけたのか」

「ああ」

「これがあの爺さんに知れたら、俺、くびだなきっと……。爺さんがあんたを見張らせといたボディガードは」

「のびてるよ」

それにしても、口数の少ない人だわ。

「で？　用件は？　まさか俺の顔がなつかしくなったわけでもあるまい」

「そいつを……」

黒木さんの出現を、喜んでいいのか怖がっていいのかわからず、おどおどしている山仲さんを、あごで示す。

「返して欲しいんでね」

どちらも、それきり何も言わなかった。息づまる沈黙。ややあって、太一郎さんが折れた。

「何だ、言うことはそれでおわりか」

「ああ」

「あんた、口がついてるんなら、もう少ししゃべれよ。山仲みたいに口を開くたびにあやまる野郎もたまらんけど、あんたみたいに何も言わないのはさらにたまらん」

黒木さんは黙ったままで、大沢さんがくすくす笑いだす。ちょうどコーヒーがはいったのだけれど、あたしは何と声をかけたらいいのか見当がつかず、黙ってコーヒーをだした。大沢さんの隣に腰をおろす。

　コーヒー飲んで一息ついて、太一郎さんはやっと気をとり直し、質問を再開した。

「黒木。あんた、そう言われて俺達が素直に山仲を返すと思ってんのか」

「ああ」

　一言で片づけられちゃった。

「ああってね……あんた、少しは話の接ぎ穂ってやつを考えてくれよ」

　憮然とした表情で煙草に火をつけ、一口吸い、それを持った右手で髪をかきあげる。髪が少し焦げ、ぎょっとした太一郎さん、右手をにらみつけ、煙草をくわえる。それから。

「……大沢」

「ん？」

「あんたにまかせるよ。俺、一抜けた」

　そう言うと太一郎さんはそっぽを向き、悠然と煙草をくゆらしだす。左手の銃は相変わらず黒木さん狙ったままで。急にバトンタッチされた大沢さん、二、三秒ためらい、それからまっすぐに黒木さんの眼を見る。

「黒木君。君の申し出は判りました。こちらとしても、山仲君を引きとめておく必要はないんですけどね……。ただ、君は僕たちとは敵対関係にあるんで……」

「違うよ」

黒木さんはぼそっとこれだけ言い、それから、流石にこれだけでは舌足らずだと思ったのか、こうつけたす。

「俺とあんた達は、四日前から敵対関係ではなくなったんだ。俺の仕事はおわった」

「四日前っていうと、タイタンにとまった日だな」

抜けたはずの太一郎さんが口をはさむ。

「あんたの依頼人はタイタンで降りたのか。……嫌だな、こいつ、俺が話すと絶対返事しやがらない」

「それは太一郎が返事のできないような質問ばかりするから……。さて黒木君、話をもとに戻させてもらいますよ。確かに、君は、四日前から僕達の敵ではなくなったのかもしれませんがね、でも、どうやってそれを信じこませる気なんです？　今はどうあれ、君は僕を二回殺そうとしたでしょう。その君が突然やってきて、相棒を返して欲しいと言う……いささか無茶だと思いませんか」

「思うね」

大沢さん、がくんと首を前にたれる。この気持ち、よく判るなあ。

「……あゆみさん」

顔を伏せたまま、大沢さん小声で。

「悪いんだけど、この先、君やってくれませんか。僕も……パス」

「ちょっと大沢さん、パスってそんな……。まあ、やってみますか。ねえ黒木さん、あなた、自分のやってることがいささかばかり無茶だって判ってるんでしょ」

「ああ」

「じゃ、何でそんな無茶をする気になったの」

「他に方法がないからだ」

「というと?」

「あんた方は六人、俺は一人。まともにやったら勝てっこない。それに船が次の駅——カドゥバに着くまで誰もここから出られない。つまりは袋のねずみなんだ。したがって、あんた方の合意を得ない限り、山仲を救い出してももとの木阿弥《もくあみ》だ。それに、盗聴器を通して聞いた限りでは、あんた方は信じられないくらい、山仲に対して紳士的だった」

「そりゃそうだよ。こうのべつ幕なしにあやまられたら、罪悪感にかられて、とてもこいつを苛める気になれん」

「船は明日の十一時にはカドゥバに着く。俺はカドゥバで山仲と降りたい。で、今までの条件をすべて考慮にいれた結果、ケヴィとかいう爺さん抜きで、あんたらだけと話し合うのが、一番可能性のある方法だという結論に達した」

　さて、どうしたものかしら。あたしは、大沢さんの顔を見て、太一郎さんの顔を見て、コーヒーカップを見て、黒木さんの顔を見つめた。それから、口を開く。

「もう一つ、聞きたいことがあるわ。あなた、この部屋に盗聴器しかけたんなら、タイタンで大沢さんの仲間が乗ってくることも、太一郎さんが喫茶室にでかけてここ留守にしたことも知ってたんでしょ。なら何で、タイタンに着く前に山仲さんをとりもどしに来なかったの」

「………」

黒木さんは黙ってあたしのことをにらんだ。どうやら少し返答に困ってるみたいなんだけど、彼の少し茶色がかった瞳には、何の表情も浮かんでいなかった。

「これに答えてくれなきゃ、山仲さん返してあげない」

「君はこの中でただ一人、まったくの部外者じゃなかったっけ」

と、茶色の瞳の黒木さん。あたし、にっこりとほほえんで、こう答える。

「だって、太一郎さん抜けちゃって、大沢さんパスだもの」

「……依頼人の意向でね」

黒木さんは、しぶしぶとこう言う。まさか、これで彼の台詞が全部終わりだとは思わなかったので、しばらくの間、沈黙が続く。どうやら黒木さん、これ以上しゃべる気ないみたいね。あたしはあきらめると話しだした。

「てことはつまり、あなたの依頼人さんが、山仲さんを助けることはないって言ったわけ?」

黒木さんは黙ったまんま。太一郎さんが口をはさむ。

「むしろ、山仲を助けてはいけないって言ったんじゃないか」

「どうして」

「今ごろになって、わざわざつかまるのを覚悟でやってくるほど、黒木が山仲を助けだすことに執着しているんなら、それをとめることができるのは、そんな消極的な反対の意向じゃない。もっと積極的な禁止だ」

黒木さんは、否定の意も肯定の意も、表明しなかった。

「それで黒木君は、依頼人氏とのつながりがすっかり切れてから、個人の意志で山仲君を助けに来たってわけですか」

大沢さんも、パスを返上する気になったらしい。山仲さんは、先刻からもう大感激の態。もし椅子にしばりつけられていなかったら、今ごろは黒木さんに抱きついていたんじゃないかと思う。

「でも黒木さん、何であなたそんなに、山仲さん助けることに執着してるの」

貝になった黒木さん、いささか大儀そうに口を動かす。

「俺の個人的プライドの問題だ」

「プライド?」

「理由はどうあれ、山仲はこの件では俺の相棒だった。俺は相棒とした約束は破らない」

約束? ああ、確かあの時、黒木さんは山仲さんに、絶対助けに来てやるって叫んで逃げてったんだっけ。

「律儀な男だな」

太一郎さんが、あきれてだか感心してだかこう言う。

「こんな役立たずを万難排して助けに来るだけでも珍しいのに、依頼人との雇用関係が続いている間は、あくまで依頼人に忠実かあ」

「そう立派なものでもない」

黒木さん照れたのか、自分から話しだす。

「依頼人が、山仲を見殺しにしてもいいとでも言いたげな態度をとるから、俺は意地でも、こいつを助けてやりたくなっただけだ」

そう言うと黒木さん、太一郎さんの煙草を無断で一本とった。おいしそうにくゆらしてから、おもむろに。

「返事は？」

「ふ……む。返してあげたいのはやまやまなんだけどね。爺やがうんと言ってくれるかどうか」

「俺もうんと言ってやらない」

太一郎さんが煙草をくわえたままで、もごもご言う。

「何であんたの依頼人がこんな男をよこしたのか、その理由がはっきりするまでは嫌だ」

「俺は山仲を連れてカドゥバで降りたい」

「平行線だな」

黒木さんと太一郎さん、じっとにらみあう。

「そうすごい目つきをしないで」

大沢さんが割ってはいる。

「あゆみさんが怖がるじゃありませんか。……黒木君、少し時間をいただけないかね。僕は考えてみたい。爺やとも相談してみたいし」

「あんたが物わかりのいい男でよかったよ。あんたが話をもちかければ、あるいはあの爺さんも、折れてくれるかもしれない」

「無駄だと思うね」

太一郎さん、今日はやたらとつっかかるわね。大沢さんは、何とも表現のしようがない表情をする。太一郎さんの意地悪。何も大沢さん苛めなくてもいいじゃない。

と。トントン……トン。おなじみのノックの音がした。

「いずれにせよ、爺やと話し合わなきゃならんようですな」

大沢さんは立ちあがると、ドアの鍵をはずした――。

★

制止する間もあらばこそ。大沢さんがドアを開けるや、黒木さんの姿をみとめたケヴィ老はあっと叫び、ボディガードの一人が銃を構え、すごい音量で「動くな！」なんてどなり、もう片方が黒木さんをしばりあげた。黒木さんをしばったほうのボディガードは、目のまわりに黒いあざがあったし、しばる前に黒木さんに一発くらわせたから、あるいは個人的恨みがあったのかも知れない。

「えらく紳士的でないな」

太一郎さんはぼそっとこうつぶやくと、自分の銃をしまった。

「船中捜しても黒木浩介がみつからなかったということを、ご報告にあがったのですが」

ケヴィさん憮然。大沢さんは上向いて、苦虫をかみつぶしたような表情。「こういうことはして欲しくなかった」と、いう大沢さんの台詞をケヴィ老無視する。——でも、だれよりもこの場で人目を引く行動をとったのは、あの山仲さんよ。あの山仲さんが、謝罪専門の山仲さんが、ケヴィ老の顔を見たとたん、何か言いかけてやめるという動作を、三回繰り返したのだ。

——そういえば、山仲さんが、意識のある状態でケヴィ老見るの、初めてなのよね。

「どうしましょう。この男の始末は」

目のまわりにあざのあるほうのボディガードが、黒木さんをあごでさして聞く。

「私のほうにかなり強力な自白剤があります。それに、こんな男の一人や二人、外へ放り出しちまっても、船員は簡単に買収できますし」

「だめだ、爺や」

「ガシュナ様――いや、大沢君。わしは今まで、君を本物のガシュナ様同様に扱ってきたし、これからもそうするつもりだ。でも、今現在、ここの指揮をしているのはわしだ」

ケヴィ老、すごく真剣な表情。

「とにかくわしは、この件についてあなたに口をはさんで欲しくない。この二人の男については、こちらで始末する。あなたにこんな台詞を言いたくはないのだが、これは命令です。おい、この男をわれわれの部屋へ運べ。彼のほうが山仲という男よりは、よく事情を知っていそうだ」

「駄目です。やめてください」

あたしは、事の成り行きに驚いて、台詞の主をみつめた。山仲さんが、まっ青な顔をして、ふるえながらやっとこう言ったのだ。

「へえ。この男が謝罪文句以外の台詞を口にしたぜ」

太一郎さん、軽く口笛を吹く。山仲さんは、太一郎さんのそんなひやかしも耳にはいらなかったみたい。血の気の失せた顔をして唇をふるわせ、それでもこれを言わなくっちゃっていうかたい決意をみなぎらせて。

「依頼人は鈴木一郎って名乗ってます。黒木さんはそれしか知りません。彼を責めたって無駄です。やめてください」

ケヴィ老は、山仲さんの台詞をまるでとりあおうとしなかった。それも目にはいらないのか山仲さん、必死で続ける。

「それに……それに、ケヴィさん、僕、あなたと前に……」

「貴様ごときにケヴィさんなどと呼ばれる筋合いはない」

ケヴィ老はきっぱりとこう言うと山仲さんに背を向けてしまった。可哀想に山仲さん、これ以上話を続けるほどの勇気もないらしく、うつむいて黙ってしまう。

「ふうん。そういえばあんた、先刻っから何かさかんに言いたそうだったな」

太一郎さん、何を思ったのか、山仲さんをじろじろながめる。

「何かこのケヴィさんに言いたいことがあるんだろ。言いたいことは言っちまったほうが体にいいぜ」

「山崎君、君にも黙っていてもらおう。これも命令だ」

ケヴィ老、いやな目つきで太一郎さんをにらむ。

「爺さんこそちょっと黙ってくれ。俺、前から山仲に言いたいことがあったんだ。今をのがすともう機会がないみたいだから、ちょっと言わせてもらうぜ」

「命令だ！　金で雇われた流れ者のくせに。少しは礼儀をわきまえろ」

「爺さんは黙ってろっつうの！」

太一郎さんの敬老精神、ついにすっかり底をついてしまったみたい。ケヴィ老の台詞を無視し、テーブルにほおづえをつく。山仲さんの顔を下からのぞきこむようにして、一語一語、ゆっくりと話しだす。

「……なあ、山仲。お前って本当に可哀想な男だな」

「……すみません」

何を思ったのか山仲さん、またあやまる。

「あの爺さんも、あんたの話なんか全然聞いてくれないだろう。他のだれにしたってそうだよな。あんたの話を真面目にとりあってくれる奴なんて、めったにないぜ。どうしてだか判るか？　それは、あんたが、本当に頼りにならない、おどおどしているだけの役立たずだからだ」

太一郎さんったら、何もこんな時にそんなこと言わなくったって。

「ああ、言っとくけど、俺があんたを可哀想だって言ったのは、そのせいじゃないぜ。だれもあんたの話をとりあってくれないのはあたり前だもの。実際、あんたには、話を聞いてもらえるような要素なんざ、これっぽっちもないだろ。どうしようもない、役立たずだからな。あんたの話に耳を貸す男がいたら、そっちのほうがおかしいくらいだ」

山仲さんの表情を確かめるよう、彼の顔をのぞきこむ。こんなに言われてるのに山仲さん、怒ったって顔一つしない。むしろ、どうせそう言われるのがあたり前って感じの、あきらめきった顔。

「じゃあ、何で俺が最初にあんたのことを可哀想だって言ったと思う？　あんたがどんなに情けない男でも、この世にたった一人、あんたのことを好いてくれた男がいたんだ。でも、どうやらそいつも、あんたに愛想尽かしちまったみたいだからな」

山仲さん、不審そうにあたりを見まわす。太一郎さんったら、誰のこと言ったんだろう。

「その男ってのはね、山仲真悟っていうんだ。なあ山仲、あんた、自分のふがいなさを自覚していても、それでも自分のこと、少しは好きだったんだろう。でも、それももう駄目だな。言いたいこと一つ満足に言えないようじゃ、いいかげん自分で自分に愛想尽きたろう。可哀想になあ。自分にまで愛想尽かされるほど情けない男なんて、本当、痛ましくて直視できんよ」

山仲さんから視線をはずす。

「言いたいことがあるんなら言っちまいな、後悔しないで済むように。そりゃ、あんたがどれほど後悔にさいなまれようが、俺の知ったことじゃないけれど、あんまりみじめなことしてくれんなよ。俺、背の高いみじめな男見んの、生理的に嫌なんだ」

「……あの」

再び口を開いた山仲さんの目には何だか悲愴な決意があふれていた。

「あの……ケヴィさん。僕、前にあなたにお会いしたこと、ないでしょうか」

「ないね」

ケヴィ老、とりつくしまもない。まるで汚物か何かを見るかの如き目つきで、山仲さんをみつめている。

「貴様みたいな男と口をきくのもけがらわしい」

「僕……僕、以前あなたにお会いしたことがあるような気がして仕方ないんです」

「ふん、ばかばかしい」

ケヴィ老、ボディガードに合図を送る。ボディガードは、山仲さんの左腕をつかんで、彼を椅子ごとひきずってゆく。

「貴様も黒木も、聞くことを聞いたら外へ放りだしてやる。山崎君、わしは君の先刻の台詞を忘れないよ」

ケヴィ老、きびすを返す。

「あ、待って、駄目！」

あたし、思わず叫んでいた。このまま山仲さん連れてゆかせたら、二人共殺されちゃう。そりゃ、確かに二人共、殺し屋だわ。でも、あたし、自分にかかわりのある人が自分にかかわりのある人に殺されるのなんて、嫌。がまんできない。

何とかしなくちゃ。何とかとめたい。黒木さんは、このふてぶてしさから見たって、自分で何とかできそうだけど、山仲さんは、だれかが助けてあげなきゃ、唯々諾々と殺されそう。

それにね――それに、あたし、たまらなかったの。大沢さんに似た人が――本当にこの二人、見れば見るほどよく似てる――、大沢さんの仲間に殺されるなんて。

大沢さんに似た人。その時あたし、ふと、とんでもないことを思い出した。まさか。いや、でも。それで辻褄があうわ。考えたくない可能性だけど、辻褄があいすぎる。

何で山仲さんみたいな役立たずがこの件に一枚かんでいるのか。何で黒木さんの依頼人は黒木さんと山仲さんを組ませたのか。何で黒木さんたちは、大沢さんを殺さずに単におどかすだけのためにやってきたのか。何で黒木さんたちの依頼人はタイタンで降りちゃったのか。

依頼人が降りたってことは、仕事が終わったってことでしょ。そうよ、山仲さんがあたしたちにつかまったから、黒木さんの仕事は終わったのよ。だから黒木さんの依頼人は、山仲さん助けるの、とめたんだわ。

一か八か。証拠は何もない。でも、このまま山仲さん見殺しにするよりは。駄目でもともと、やってみよう。あたしは深く息を吸うとこう言った。

「だめよケヴィさん、山仲さんを乱暴に扱っちゃ。それこそ、敵の思うつぼじゃない」

山仲さんの左腕をつかんでいるボディガードの手をふりはらい、シャツのそでをひじまでめくる。呆然としているケヴィ老に、山仲さんの左手首のほくろを示しながら、あたしはにこやかに一礼した。

「みなさまに、山仲真悟君こと、本物のガシュナ・ディ・メディ氏をご紹介いたします」

考えてみれば、最初っから答えはあたしの目の前にぶらさがっていたのよ。あたしが大沢さんのほくろが消えてるってことに気づいたのは、山仲さんの手首にあるほくろ見たからだもの。

筋道たてて、説明するね。

ガシュナ氏は殺された——王も、ケヴィ老も、その他ガシュナ派の人々は、すべてそう信じていた。でもだれかガシュナ氏の死体を見た人いるの？　ガシュナ氏の死体はおろか、身のまわり品一切が発見できなかったっていうんでしょ？

もし。もし、ガシュナ氏がまだ生きていたら。ガシュナ氏をさらった王弟派のだれかが、ガシュナ氏を殺さずに様子を見ていたとしたら。そして、やぶれかぶれになった王が、贋のガシュナ氏を作ることを画策しているのを知ったら。

とても立派な罠ができあがるじゃない。王弟派にとって、おそらく最も邪魔な人物の一人であるケヴィ老を葬り、合法的に政権をとれる罠が。

ガシュナ氏をさらった人物は、ガシュナ氏を殺すのはやめた。そのかわり、山仲真悟として、いささか特殊な教育をほどこして育てたのだ。あるいは、多少心理操作をしたのかもしれない。その結果、こういう人物ができあがった。ごらんのとおりの、一人では何もできない、謝罪専門の男が。

そして、時は至った。ガシュナと名乗る男が、メディへやってくる。王弟派は、そこへ山仲真悟を送りこんだ。もう一人の、いささか腕のたつ男と組ませて、大沢さんを狙うふりだけさせて。この襲撃の本当の目的は、大沢さんに山仲真悟をとらえさせ、殺させる（あるいは怪我をさせる）ことだったのだ。

船がメディに着いたとたん、王弟派の連中が船に乗りこんでくる。そして、大沢さんとケヴィ老を、反逆罪でつかまえるのだ。山仲さんが本物のガシュナ氏であることは、指紋や遺伝子を調べればすぐわかる。ケヴィ老は、本物のガシュナ氏を殺し（あるいは怪我をさせ）、贋のガシュナ氏をメディへ連れてこようとしたって立場におかれる。かくて、王弟派は、労せずしてガシュナ派をつぶすことができる。ガシュナ派の中心人物のケヴィ老みずから本物のガシュナ氏を殺させ（あるいは怪我をさせ）ることによって。

ガシュナ氏――山仲さんが殺されていれば、王弟派は合法的に政権をとれる。仮に怪我をしているだけでも、山仲さんの性格からすれば、王弟派の誰かが山仲さんをあやつるのは、たやすいことだろう。

――以上が、あたしの推理だった。根拠としては、大沢さんと山仲さんがよく似ていること――大沢さんに似ているってことは、王様に似ているってことでしょう――と、山仲さんに、本物のガシュナ氏の目印であるほくろがあったってことだけど。でも、あれだけ似ていて、その上ほくろまで同じ位置なんて、偶然にしてはできすぎている——と思う。

さて、その後は大さわぎ。ケヴィ老は、肌身離さず持っていたガシュナ王子の形身——生まれた時と、三歳までの誕生日ごとのかわいい手形——をひっぱりだし、山仲さんの手はインクだらけになり、太一郎さんはルーペを捜しだした。

「まあ、この手のことに関しては俺、素人ってわけじゃないけどプロでもないんで……断定はできないよ。だけど、山仲——いや、山仲さんと、このガシュナ王子の指紋は、相当よく似ている。他人にしては似すぎている——ああ、面倒くさい言い方だな、とにかく一致点ばっかりだ。九十九パーセント、間違いないよ」

ボディガードの一人で、昔警察関係の仕事をしていたという男も、太一郎さんの台詞を支持してくれた。

黒木さんはげたげた笑いだし、大沢さんは複雑な表情、ケヴィ老は山仲さんに抱きついた。あたし？　あたしがどんなに得意だったか、ちょっと口では説明できないわ。山仲さん一人が青くなったり赤くなったりしているうちに、とにもかくにも、話はハッピーエンドへと向かいだしたみたい——。

PART VII
砂漠
そして、星へ行く船

「かくして大団円、か。なかなかのできだったじゃない、森村ちゃん」

あたしと太一郎さんと大沢さん、喫茶室で軽食をとっていた。三人そろってここへ来るのは初めてよ。黒木さんの待遇はお客扱いになったし、山仲さんはケヴィさんの質問の言葉とお祝いの言葉の嵐にあっていた。あと十分足らずで、船はカドゥバに着く。カドゥバを出たら、次はメディだ。

「僕はこれから山仲君の――いや、ガシュナ様って言わなきゃいけないのかな、とにかく彼の参謀になってやらなきゃならんみたいですな」

大沢さんは、憂鬱《ゆううつ》そうに煙草をくゆらす。

「彼もこれからが大変でしょう……」

「あの性格じゃあな。王弟派ってのも、ひどいことするぜ。どういう育て方すれば、ああいう男ができあがるんだ」

「でも太一郎、君のお説教、結構きいたようですな。彼、あれ以来、自分にだけは愛想を尽かされないよう、がんばってらっしゃる」

　なんて話をしながらも、大沢さんの目は淋しそう。何でかしら。ひょっとして大沢さん、ずっとガシュナ氏のままでいたかったのかしら。ううん、大沢さんはそんな人じゃない。

　急に船がゆれた。どうやらカドゥバに着いたみたい。「お降りの方は小型宇宙艇乗り場へ云々……」ってアナウンスがはいる。あたしは何ということもなく、窓の外を見ていた。はるか下にカドゥバ・ステーションが見える。ここの大気は人類の生存に適さないので、人々は空気調節のゆきとどいたドームの中で生活しているのだ。赤茶けた惑星の表面に、銀色の建物がこびりついている。

　と。

「あ、あれ?」

　カドゥバへ降りる人たちが乗っている小型宇宙艇が、ゆっくりと惑星へ降りてゆく。そのうちの一つに乗っている人に、どうも見おぼえがあったのだ。黒木さん……みたい。

「しまった。黒木浩介が逃げた」

　大沢さんが立ちあがる。逃げた?　逃げたってどういうことよ。

「太一郎、あゆみさん、手伝ってください。彼をおいかけなければ」

「ああ」

太一郎さんも立ちあがって駆けだしたものだから、あたしもついつい走りだしちゃう。でも、どうして？　どうしてお客様のはずの黒木さんが逃げて、大沢さんがそれをおいかけるのよ。

あたし達は、小型宇宙艇乗り場へ、駆けていった——。

☆

時間との競争。大沢さんはこう言った。ダフネ18号は、カドゥバに半日余りしかとまっていない。逃げた黒木さんつかまえて船に戻るのに、半日以上かかっては困るのだ。

あたし達は宙港中をしらみつぶしに捜し、二時間後、カドゥバ・ステーションで借りた小型宇宙艇に乗って、惑星カドゥバを後にしていた。カドゥバには衛星が二つあり、そのうち一つ、シノークは、大気の成分などが地球と似ているため、宇宙服なしで生活できるのだ。黒木さんはそこへ逃げた可能性が高い——そうだ。

それにしても。あたしにはさっぱり判らなかった。なぜ黒木さんが逃げるのか、なぜ大沢さんが追いかけるのか。大団円はどうしちゃったのよ。

太一郎さんは、黙々とくわえ煙草で宇宙艇を操縦しており、大沢さんも殆どしゃべらなかった。

　カドゥバが段々小さくなってゆく。ここから見るとそれは、うすよごれた赤茶のあまり美しくない惑星で、地表のほんのひと握りのところに、銀色のドームがへばりついている。かわりに、視界の中でぐんぐん大きくなってくるのはシノークで、こっちは一面茶色だけ。地球って、こうしてみると、あれでわりときれいな星だったのね。

「大気の問題があるのに、何故人類がシノークよりカドゥバの方に多くのドームを造るか判りますか？」

　大沢さんは、当面の問題とはまるで関係のない話題を口にした。これは彼にしてみれば珍しいことなのよ。

「シノークは、その殆どが手のほどこしようのない砂漠地帯なんですよ。人間は、ほんのわずかなオアシス地帯にしか住めない」

　おまけに、あたしの返事を待たずに二の句をついで。大沢さんはあたしと会話をしたいんじゃない、黙っているのがつらいんだ。何故だろう——いや、それよりも。気になるのは大沢さんの淋しそうな目の色。

「大沢。どのあたりに降りればいいんだ。この辺で一番近い都市は、シノーク13だけど」

　太一郎さんが大儀そうに口をきく。それにしてもこの人ったら、この辺の星の地理、たいてい暗記してんのかしら。やっぱり、やっかいごとよろず引き受け業のプロって凄いのね。

「いや、僕に操縦させてもらうよ」

「何か心あたりでもあるのか」

「……ああ」

太一郎さんは何も言わずに、操縦桿を大沢さんに渡した。あたしはわけもなくぞっとする。ふいに嫌な予感がした。この先には、何か不吉なことがあるに違いない。先程からの、尋常ならざる二人の態度が暗示しているような。山仲さんの正体を見破ってからずっと続いていた精神の高揚感が、理由も判らずなえていった――。

☆

大沢さんの操縦する五人乗り宇宙艇が着いたのは、まさしく何もない、砂漠のどまん中だった。

あたり一面砂だらけ。――それも、地球の砂とはずいぶん感じの違う、どちらかというと灰みたいな感触の、ぱさぱさした嫌な砂。見渡す限りでは他に宇宙艇の影も形も見えなかったし、ここに宇宙艇がとまった様子もなかった。一面のうす汚れた茶色。廃墟のような静けさ。

「ねえ、こんなところでいいの」

大沢さんは黙ってうなずき、ドアを開けてくれる。ので、行きがかり上、あたしは砂漠の上に降りた。次に太一郎さん、最後に大沢さん。大沢さんは手に光線銃を持っている。この話始まって以来、初めてお目にかかる近代的武器。

こんなもので黒木さんを撃つ気なのかしら。ぞくっとしたあたし、思わず自分で自分の肩を抱いた。怖い。わけもなく。そのあたしの手の上に、太一郎さんがそっと手を重ねる。怖がることないって言うみたいに。平生《へいぜい》だったらあたし、さり気なくその手をはずすんだけど、今は、何故だか、そんな気になれなかった。

「心外だったな。あんたはそんなことしないと思ってたよ」

宇宙艇から五メートルくらい離れたところで、ふいに太一郎さんがこう言った。あたしは話の筋が見えずにきょとんとしている。

「返す言葉もない」

大沢さんの声が、ずいぶん後ろの方から聞こえてくる。ふり返ってみると、大沢さんは宇宙艇のすぐそばに立っており、そして……あろうことかなかろうことか、大沢さんの光線銃は、太一郎さんとあたしを狙っていた。

「大沢さん!」

思わず彼の方へ駆けてゆこうとしたあたしの手首を、太一郎さんが、かなりきつくつかむ。

「大沢さん、どうして」

「ごめんね、あゆみさん。君は――君達は、知りすぎたんだ。ガシュナ様――山仲君のことは、こうなった以上、メディ王家の極秘事項なんだ。一介の流れ者や、その辺のお嬢さんに知られたままにしておくわけにはいかないんでね」

目の前に、青い靄《もや》がかかった。崩れそうになる。あたしがかろうじて立っていられるのは、あたしの手首をつかんでいる太一郎さんのいささか常識はずれの力がひきおこす痛み故だった。

「と、あの爺さんが言ったんだろ。かわいそうだな、大沢。すまじきものは宮仕えってんだ」

「僕はガシュナ様みたいに説得されはしないと思いますよ」

「俺もあんたを説得する気はない。心底同情申しあげてるんだよ。憎からず思っていた――好きになりかけてた女の子を殺さなきゃならん境遇にね」

あたし、力一杯、太一郎さんの手をふりはらった。しゃがみこんでしまいたかった。この、どうしようもなく硬直した体が動いてくれさえすれば。いつだったか、黒木さんからあたしをかばってくれた時の大沢さんの表情を思い出していた。あの時から、彼はあたしのことを、姓ではなくて名の方で呼んでくれてたんだ。

「逃げた黒木を追いかけるってのは、俺たちをここへ連れだす口実だったんだろ。ここだったら、俺たちの死骸はまず見つからないもんな……。ま、俺もドジだったよ。黒木みたいに逃げてればよかった。知りすぎた者は殺されるっていうのは、常識だもんな」

大沢さんは何も言わず、光線銃の引き金に指をかける。あたしには、その指の動きが、まるで非現実的な淡い白のスクリーン一枚通して見るような、この世ならぬ世界のものに見えた。

「どっちがいいですか、あゆみさん。ここで撃たれて死ぬのと、おき去りにされて、何日かかけて渇き死ぬのと」

「俺の好みは老衰死だけど、その二つのうちどっちかっていうなら渇き死にだな」

太一郎さんがこう言う。あたしは——あたしは、もう、何がどうなろうと、構いはしなかった。もう、どうだってよかった。大沢さん。あたし、あなたのこと、好きだったのに。ほんとに、好きだったのに。あなたが、あたしの話、笑いもせずに聞いてくれた、唯一人の人だったのに。たとえ社交辞令にせよ、あたしの気持ち判るって言ってくれた、唯一人の人だったのに。

木にひっかかっているお月様の話聞いた時、あたし、本当にその情景が目に浮かぶような気がしたのよ。ねじれた枝の、一番先にひっかかっている、白い月……。

悲しいわけでもなかった。でも、何だろう、この半透明な青い感覚。心の中を染めあげてゆく、この、透きとおっていない青。

「そう……僕もそのほうが罪悪感がなくていい」

大沢さんは宇宙艇にとび乗った。太一郎さんがとびつく間もなくドアが閉まる。

「森村ちゃん、伏せろ」

太一郎さん、あたしをおし倒す。宇宙艇は砂をふきあげ、飛びたった。あっけなかった。あまりにも、あっけなかった。

「Good luck」

「ん？」

「大沢さんがね、宇宙艇に乗る寸前に、こう言ったみたいな気がしたの」

もちろん、あたしの聞き違いだろう。これから死ぬって人間に。

「でも、Good-bye の聞き違いよね。さようならの」

大沢さんの乗った船が、だんだん遠ざかってゆく。それがUターンしてくれる可能性はない。

「泣きたい時は素直に泣いちまったほうが体にいいよ」

「あたし、素直じゃないもん」

あたし、そのまま――いつも太一郎さんがそうするように、どすんと砂の上に腰をおろした。ほおづえついて船をみつめる。太一郎さんもあたしの横に腰をおろす。

何故か――本当に何故か、泣く気になれなかった。

★

どれくらいぼけっと空をながめていたのかわからない。いずれにせよ、もう陽が暮れるみたい。夜になったらここら辺は冷えこむだろうなあ。かぜひいたら……うふ。あたしったら、莫迦みたい。死ぬっていうのにこんな心配して。

「お、笑ったな」

太一郎さんが、あたしの顔をのぞきこんでいた。

「てことは、もう落ちこむのにはあきたんだね。森村ちゃん、あんた、足には自信あるか?」

「……どっちかっていうと大根よ」

「そんなことは見れば判るよ、おばかさん。俺が聞いたのは歩くほうなんだけど」

「失礼ね……。でも、わりと自信あるわ、そっちなら」

けれど。今更歩いてどうしようっていうの。そう聞こうとして太一郎さんの方を見たあたし、ぎょっとする。いやだ、この人、光線銃持ってる。大沢さんのよりだいぶ小さめだけど。

「太一郎さんあなた……どうして先刻、それ使わなかったの」

こう言ってからちょっと考える。以前、大沢さんが黒木さん撃とうとした時のこと。大沢さん、あの距離ではずしたっけ。それに比べて太一郎さんは……。いやだ、あたし、絶対そんな処、見たくない。砂の上に横たわる大沢さんの死体。それを包む闇——。

「大沢が俺を撃とうとしなかったからさ。もっとも、撃とうにもこれがなきゃ、仕方ないだろうけどね」

小さな黒い円形のものをもてあそんでいる。

「あ、これ? あんたに説明してもわかんないだろうな。要するに、光線銃の主要部分の一つだよ。外から見てもはずしてあることはわからないけれど、これがないと、ガキのおもちゃにしかならない」

「それ、大沢さんの……。じゃ、あの銃、使えなかったのお⁉」

「そういうこと」

どういうことよ、いったい。

「俺、プロだぜ、仮にも。そうやすやすと殺されてたまるかよ。……森村ちゃん、あんたの耳、わりと確かだったぜ。大沢はGood luckって言ったんだ。Good-byeじゃなくてさ。……まだ判んない？　大沢は俺たちを逃がしてくれたんだぜ」

「え……ええ？」

「あのままダフネ18号に乗ってたら、メディに着いたとたん、何だかんだと名目つけて、俺もあんたも殺されてたぜ。あの爺さんは、知りすぎた人間を生かしておいてくれるほど、寛容じゃないみたいだからな。だから俺、ガシュナ氏イコール山仲って図式が成立したとたん、逃げることを考えてたんだ。……おい、そんな顔すんなよ。この世界で生きてゆくのって、結構きびしいんだぜ。きれいごとじゃやっていけない、きつねとたぬきの化かし合いみたいなもんだから。大体において、依頼人ってもんは、金持ちであればあるほど秘密を守ろうとするし、金払いたがらないしな」

「じゃあ……じゃあ、太一郎さんの仕事って、いつもこんな風におわるわけ？」

「ああ。依頼人が俺を始末しようとして、俺がその裏かいて逃げるっていうのが、わりとパターンだよ。今回の大沢みたいに、依頼人が一芝居うって逃亡に協力してくれるなんてケース、まずないからね」

逃亡に協力って……こんな砂漠のまん中に放り出されて？

「おそらくここは、シノーク13から十二、三キロも離れてないぜ。〇・八六Gだから、こつさえ覚えちまえば地球よりずっと歩くの楽だし、夜になったら街の灯りがかすかに見えるだろう。シノーク13まで行ったら小型宇宙艇を借りることもできるし、カドゥバ・ステーションほど大きくはないけれど、一応駅があって定期宇宙船もとまる」

何て言っていいのかその……体中の力が、へたへたへたなんて音たてて、抜けてゆくのが判った。

「大沢が本気で俺たちを殺す気なら、とどめを刺さないわけないだろう」

太一郎さんは、そんなあたしを横目で見ながら続ける。

「それに、何もこんなところへおきざりにしなくても、宇宙へ放り出しちゃえばいいんだからな。何度も言っただろ、俺たちは巨大なごみ捨て場——莫迦でかい墓場に囲まれて生きているんだ」

……は。気が抜けたら、なぜかは知らないけど、涙がでてきた。涙がでてきたら、急に悲しくなった。何が悲しいんだろう。ねえ、大沢さん、あたし、ずっとあなたと一緒にいたかったのに。全然脈絡のない思い。何で泣いているんだろう。大沢さんともう一緒にいられなくなったから？　さよならの言われ方があんまり唐突であんまり冷たかったから？　冷たかった……

でも、あれが彼にできる精一杯ではなかろうか。

「嫌だな……何で泣くんだよ」

太一郎さん、眉をひそめて煙草をくわえた。

「一本ちょうだい」

あたし、右手を差しだす。

「一本って……これ？」

「うん」

「やめなさいよ、体に悪いから」

「体に悪いこと、何かしたいの」

「自虐的だなあ……」

「自分だって吸ってるくせに」

あたし、太一郎さんから煙草一本もらって火をつける。とにかく、何か動作をしていたかった。ため息と一緒に煙をはきだす。

「これ吸ってると、人前で平気でため息つけるね」

「どっちかっていうと、人前で平気で咳きこんでるって感じだけどな……。で、何かい、次は煙が目にしみたっつって泣くの？」

「じゃ、そんなふうに言わない。先刻っから、どうしてだかわかんないけど、涙がとまんないの」

「大沢にほれてたんだろ」

「……うん」

言っちゃってからあたし、自分の素直さにいささかとまどう。

「あのさ……大沢の方だって、まんざらでもなかったんじゃないかと思うよ。別れ際にあんたに優しい言葉一つかけてやらなかったのは、大沢が本当に俺たちを殺すかどうか疑ってただろう爺さんを納得させるために、盗聴器でも持たされてたせいだろうし……。でも、これでよかったのかもしれないな。夢はいつかは破れるものだし、夢が破れたあとにはいつだって、見たくない現実ってのが手ぐすねひいて待ってるしな。あんただっていいかげん、甘い夢を見つめるかわりに、現実と鼻つきあわせたっていい年ごろだ」

夢はいつかは破れるもの……その通りね。小さい時見た星は、銀の砂みたいにきれいだったのに。大沢さんはとっても優しそうだったのに。

「さて、森村ちゃん。そろそろ歩きだす気になってくれないかね。シノーク13についたら、地球行きの定期宇宙船に乗せてやるから」

地球。ああ、地球。あたし、本当に、あそこへ帰りたくなってしまった。帰ってどうするってわけでもないんだけど、暖かい部屋で、さめた紅茶すすって、ＢＧＭがショパンのピアノ曲で、外には雨が降っていて。なんか退廃的だけど。あ、でも。

「駄目、太一郎さん、あたし帰れない。パスポート、お兄さんのだもの。入国の手続きは、出国の何倍もきびしいはずでしょ」

「蛇《じゃ》の道はへびっていうだろ。俺にまかしときなさいよ。森村あゆみ名義のパスポート、作ってやるから。ふところもわりと豊かだし」

胸ポケットから黒革の財布をとりだす。あれ？　それ、ひょっとして。

「爺さん結構金持ちだったぜ。俺のボディガード料とあんたのパスポート代と切符代出しても、まだ余る」

「太一郎さんあなた……すりまでやるの？」

「きつねとたぬきの化かし合いっつったろ。それに、くどいようだけど俺はプロだぜ。ただ働きなんかするかよ。相手が可愛い女の子ならともかく、あの爺さんだぜ。一度逃げる気になったら、いただくものはいただかねえとな」

あっきれた。もしケヴィ老がメディに着いたらお金払ってくれる気だったら、この人、どうしたんだろう。やだ、こんなこと考えてたら、何だかおかしくなってきちゃった。退廃的な気分と、悲しさと、けだるさと、おかしさが混じって、何だかすごく不思議な気分。

「行こうか」

弾《はず》みをつけて立ちあがる。〇・八六Gっていったっけ。体が軽い。

地球へ帰ったらどうしようかなあ。学校のみんな、どうしているかしら。何だか今までのことが、急に夢みたいに思えてきた。そうよね。他の星の王位継承争いにまき込まれるなんて、非日常的もいいとこだもん。日常性がなつかしい。早く地球へ帰りたい。

うふ、こんなふうな感じで、早く宇宙へ出てみたいって思ってたのは、ほんの少し前のことだったのに。あの頃はあの頃なりに必死だったんだけど、今にして思うと、何であんなに宇宙へ出ることに固執したのか、自分でもよく判らないや。

「大丈夫？　うまく歩ける？」

太一郎さんが、いつになく親切に聞いてくれる。右手まで差し出してくれて。あたし、本当はさして困難なく歩けたんだけど、何となく甘えてみたい気分になって、彼の右手につかまった。

★

どれくらい歩いたろうか。シノーク13の灯が、ぼんやりと見えてきた。あたりはまっ暗。

「疲れた？　森村ちゃん」

あれ以来はじめて太一郎さんが口をきいた。

「ん、少し」

「じゃ、この辺で休もう」

太一郎さんは、どてっと砂の上にねっころがる。あたしもそれにならった。

上を見ると、満天の星。いつの間にかすっかり夜になっていた。

「……変ね」

「何が」

「あたし、宇宙へ出てきたくせに、今初めておちついて星空見たわ」

うちの太陽はどれだろう。空の端でやたら明るく輝いている円盤、あれは惑星カドゥバ。ここからじゃ、太陽も空の点の一つなのね。無数の恒星、恒星をとりまく惑星、惑星をめぐる衛星。太陽が点の一つでしかないのだから、地球なんてまるで見えないのよね。まして、日本なんて、東京なんて。

心を包んでいた半透明の膜が溶けてゆく。膜の中の青い心は、徐々にその濃さを増し、コバルトブルーへ、ウルトラマリンへ、そして、アイボリイブラックに。空の色と同じ黒。でも、それは決して不安な黒さではない。あたしは、心の中に、星がゆっくりと昇ってゆくのを感じていた。

そうよ、あたしは今はじめて、地球でないところから星を見たんだわ。想い出す。心の中の、満天の星。いつかお兄ちゃんと一緒に見た星空。プラネタリウムでは味わえなかった、芯がひえてくる感覚。あたしを見つめる無数の目。冷たい銀色の目。大沢さんとシノークへ来る途中でなくしてしまった精神の高揚感が、いつの間にか戻ってきていた。横を向く。泣いているの、太一郎さんに見られたくなかった。

「……あたし、莫迦ね」

「何だ、やっと今ごろ気づいたのか」

太一郎さんの憎まれ口も、全然気にならなかった。だって、本当にそうなんだもの。あたし、今やっと思い出したの。何であたしが宇宙へ出ようと思ったのか。小さい頃見た星空にひかれて、宇宙の大きさにひかれて、宇宙の怖さにひかれて、それでここへ出たかったんだ。それがあたしの夢だったんだ。

いつ。いつ、それを忘れてしまったんだろう。地球を出た日。あれは宇宙の何かに魅かれたせいじゃなかったわ。自分がしなければいけない何かが見つからなくて、何かが見つからないままに流されてゆくのが怖くて、逃げだしてきちゃったのよ。

あたしは何かを見つけるために家を出たって思ってたけど、そんなの結局自己欺瞞《じこぎまん》にすぎなかったのよ。あたし、ふがいない自分がいやで、そこから逃げだして来ちゃったんだわ。

あたしがやらなくちゃいけなかったのは、のっぴきならないところまで流されてそこから逃げだすことじゃなくて、親を説得して、お金ためて、仕事持って、自分の力で夢を実現させることだったんだ。流されないで少しでも泳いでみることだったんだ。

で、今。現実の厳しさってのにぶつかったあたしは、また地球へ逃げて行く処。地球へ帰って、お母さあんって言って少し泣いて。暖かい部屋で、紅茶飲んで、ショパン聴いて、あんなに宇宙へ出たがってたの、今ではとても不思議だわ、あたし子供だったのねって言って。

「……恥ずかしいな」

「何が」

「生きてゆくっていうの、すっごく恥ずかしいことなのね」

あたし、とっても真面目に言ったのに、太一郎さんたらふきだした。

「森村ちゃん、あんたね、そういうのはもう少し人生経験つまないと言えない台詞だよ。あんたが言っても、はん、ガキが判ったような口きいてって感じになっちまう」

「莫迦ね、太一郎さん。ガキじゃなきゃこんな台詞、言えないわよ。あなたくらいの齢になっちゃったら、とても恥ずかしくて、こんな大上段に構えた台詞、言えないでしょう」

「ひどい言われようだな。俺、まだ若いぜ」

「そう思ってるのは本人だけだったりして」

「こいつ」

あたし、笑った。先刻みたいに屈折した笑いじゃなくて、心から、ストレートに。

あたし、逃げるの、やめた。地球へ帰って、お母さあんって言って、一週間くらい泣くの、やめた。暖かい部屋も、紅茶も、ショパンも、退廃的な気分にひたるのも、やめた。

「ね、太一郎さん。あたし、地球へ帰るの、やめた」

「何」

太一郎さん、あわてて身をおこす。ので、あたしもつられて身をおこし、まっ正面をみつめる。正面から太一郎さんの顔を見て、そのまま視線を上へ向けた。空。無数の星達の方へ。

「森村ちゃんあんた、いったいどういうつもりなんだ。地球へ帰らないでどうする気だよ」

「どうするって……そうね、どうしようかしら」

「ど、ど、ど、どうしようかしらって、あんた、気でも狂ったのかよ」

あせった太一郎さん、やたらと台詞がかむ。

「至極真面目。いたって正気」

「……宇宙にいれば、また大沢に会えるかも知れないなんて莫迦なこと考えてんのか」

「あ、そういえばそうか……。うふ、そんなこと、本当に思いつきもしなかったわよ」

「じゃ何で……まさかあんた、大沢にふられたからって俺にのりかえようと思ったわけじゃ……」

太一郎さん、台詞を最後まで言えなかった。あたし、ついかっとして、彼のこと思いきりひっぱたいちゃったんだもの。

「……ごめん」

「いや、今のは俺が悪かった。でもね、森村ちゃん、もう少し判るように説明してくれないか」

「あたし、もう逃げるのやめようと思って。地球にいてずるずる流されるのがいやだって宇宙へ逃げてきて、で、今度は宇宙の厳しさが怖くなって地球へ逃げ帰るんじゃ、進歩ってものがないじゃない。一度位、流れに逆らって泳いでみたい。……あたしね、今、本当に反省してるの。何の具体的な計画もなしに、盲滅法宇宙へとびだしてきちゃって……夢をみるのは簡単だけど、夢を実現させるのは大変なんだって、考えてもみなかった」

「だろう。それが判ってんなら、おとなしく帰れよ」

「だけど！」

あたし、大声をだす。どん、なんて砂をたたいて。

「だけどね！　今帰ったら、あたし絶対後悔する！　これじゃあたし、まるっきり負け犬だわ。夢が破れて泣いて帰るなんて」

「実際負け犬なんだから仕方ねえだろ！」

太一郎さんも、あたしにつられて大声をだす。

「あんたの夢は破れたんだろうが！」

「何の為に手があるのよ！」

「手？」

「夢が破れたら、それをつくろう為に、手があるんじゃないの！」

「……そんな理屈初めて聞いた」

「うん、あたしも初めて言った。とにかくあたし、もう一回やり直してみるわ。リターンマッチよ」

「あんたねえ」

太一郎さん、何とも表現しようのない表情をする。

「あんたねえ……夢だけじゃ人間は生きてゆけないんだぜ。まして、女の子がこんな物騒な所で一人、まともに生きてゆけるわけがない。地球へ帰んなさいよ。帰って、ちょっと泣いて、今までのことすべて忘れてどっかの男と結婚して、幸せな一生ってのを送んなさいよ」

「あたし、そのレールの上にのっかった、幸せな一生ってのが嫌で出てきたんだもの」

「地球へ帰んなさいよ。レールの上にのっかった生活が嫌だっていうんなら、それ相応の力を持ってなきゃいけない。この広い宇宙で、自分の力だけを頼りに生きてゆくっていうのは、確かにきこえはいいかも知れない。でも、あんたがいくらきれいごと言っても、誰もほめちゃくれないぜ。弱肉強食って言葉、知ってるだろ。もう少し大人になって、自分の限界ってものを知りなさいよ」

「あたし、莫迦だもん」

「あん?」

「あたし、莫迦だもの。太一郎さん、何度もそう言ったじゃない。……あたし、莫迦だから、自分の限界なんてわきまえない。夢を実現させるのが大変だって判ったら、今度は大変でも何でもやってみせるって考えちゃう。絶対、おとなしくあきらめたりしてあげない」

「……ガキ」

「うん。でもさ、じゃ、太一郎さんは何だって宇宙へなんか出てきたのよ。日本国籍あるって言ってたじゃない。今時、地球に住めるのは、一種の特権階級なんでしょ」

太一郎さん、苦笑いしてため息をつく。

「俺もガキなんだよ……。あーあ、負けたよ。あんたにゃ負けた。莫迦がひらきなおると怖いんだよな。……でもね、これは冗談ごとじゃなく、本当に、自分の力だけを頼りに生きてゆくってのはきびしいんだぜ」

「でしょうね……。でも、やってみる。途中経過は気にいらないけれど、あたし、今、小さい頃から夢見ていた宇宙にいるんだもの。自分の力でできるところまであがいてみる。溺れるかも知れないけれど……ううん、溺れるなんて、考えない。絶対、泳ぎきってみせる」

しばらくの沈黙。太一郎さん、何考えてんのかな。あたしは――今までの、自分の台詞を反《はん》芻《すう》していた。

この先、どうして生活していこう、ずいぶん遠くへ来てしまった。星まで。そうよね。あたし、星へ行く船に乗ったんだもの。星へ行く船――あたしの夢へ、行く船。そしてこの先は。自力で行かなければならない。果たしてどこまで行けるだろう。果たしてどこまで行けるだろう……。でも。だれが挫けてやるもんか。これはあたしの手。細くて、小さい手だけど、これがあたしの手。この手でつかんでみせる。昔みた夢を。小さくて、頼りない手でも、この手で。

「あーあ。俺、本当に人がいいな」

「え？」

急に太一郎さんがしゃべり出す。

「今、思い出したんだ。俺の仕事場——やっかいごとよろず引き受け業の事務所でね、所員一人募集してたんだ、そういえば」

「太……一郎……さん……」

「最初のうちは小間使いみたいなもんだぞ」

「うん」

「仕事、結構きついよ」

「うん！　ありがとう……」

「自活できるめどがついたら、一回地球へ帰れよ。親が心配してるだろうから」

「うん！」

「それから俺、あんまり親切じゃないぞ。あれだけのたんかきった以上、自分のことは自分でやれるとみなす」

「うん！　……あたしも先刻、少し不思議だったの。あなた、珍しく親切だったじゃない。手をひいてくれたりして」

太一郎さん、ちょっと上向いて。

「俺、自分よりどう見ても劣っている奴には、親切にしてやる主義なんだ。先刻のあんたは、どうひいき目で見ても、はしにも棒にもかからない、駄目なお嬢さんだった」

「そうでしょうね……」

今度は、ひっぱたく気にもなれなかった。だって、本当のことなんだもの。

「素直だね……。人生って、恥ずかしい？」

太一郎さん、にやにや笑っている。それから。

「休憩おしまいだ。今度は、シノーク13につくまで、あんたの体力考えてやらないから、どうしようもなくなったら言えよ」

「うん」

あたし達、歩きだす。星を頭上に仰ぎながら。

「ねえ……シノーク13にポストある？」

「あたり前だ」

「じゃ、あたし家に手紙書く」

心配しないでね、お母さん、お父さん、お兄さん。あたし、自分の行きたい方向に泳いでみせる。溺れたりしないつもり。いくらそこが、暖かくて安全で居心地がよくても、一度そこを出ちゃったら、二度と母親の胎内には戻れないものだと思う。本当に心配しないでね。

一歩一歩、進むごとに、シノークの街が近づいてくる。上を見ると、今しも、カドゥバ・ステーションから、定期宇宙船が飛びたってゆくところだった。あれはダフネ18号かな。それとも……。星の海をつきすすむ銀色の点——船。星の海を渡る船。船の周囲には星。そして、あたしの頭上には星。満天の星。恒星をまわる惑星、惑星をめぐる衛星。

星空は、大きくて、寒々としていて、怖くて、そして——そして、とても、美しかった。

〈Fin〉

雨の降る星　遠い夢

〈十二月二十四日〉

「ジングルベル、ジングルベル、すぅずぅがぁなるっと」

半ばやけ気味に、かなり調子っぱずれの歌をどなりながら、エレベータの脇の階段を登る。いきおいよく――階段踏み抜きそうな感じで。どすどすどす。全体重かけちゃう。建物の中にはいったというのに吐く息が白い。たく。気候管理局、やりすぎよ。いくらクリスマスだからって雪降らすことないじゃない。寒いっちゃありゃしない。

三階まで登ると、階段からみて二番目のドアを足でけりあけた。鍵《かぎ》かけてなかったのにやっぱりノブまわさないと開かないみたい。たくもう。腹たつな。足痛い。

とにかくドア開けドア閉めて、ヒーターいれると台所へ直行。コーヒーわかす。扶養《ふよう》家族のバタカップ――白いメスの日本猫――が足許にすりよってきて、ミルクねだった。時刻はまだ六時二十四分。

「六時半よ六時半。ねえバタカップ」

濃い青の焼き物の絵皿時計。白い針はまだ六時半。イヴはこれからだっていうのに。

「あの仕事莫迦太一郎《たいちろう》、何もイヴの日から出張することないじゃないねえ。……それに、所長も所長よお。あたしが火星に知りあいいないってこと知ってるくせに。ね、ひどいわよね、バタカップ」

あたしの言うことが判ったのか、あるいはあくまでミルクが欲しいのか、バタカップはみゃうって鳴いた。

ほんとにあの莫迦太一郎。あたしが今朝赤い目をしてたの、何の為だと思ってんの。ゆうべ徹夜でケーキ焼いたのよお。チョコレートでMerry Christmasなんて書いてさ。クッキーも。シャンパンだって買ってある。台所の隅の花びんでみじめに紅いのはバラの花だったりするんだから。それもこれもこれもそれも、すべては今晩のクリスマス・パーティの為なのよ！「あ、悪い、俺出張」ですむと思ってんのあの男は!!

それに、所長。「あゆみちゃん、あんたも木星へ行って太一郎の仕事手伝いたいって？やめといた方がいい、あんたにはまだ無理だ。……広明《ひろあき》、行きな」ですって！広明——中谷《なかたに》君は、あたしと同期であの事務所にはいったのにい。女性差別だあ。

「一人でケーキ食べてシャンパン飲めっていうのかしらねもう」

冷蔵庫の中にはあと温めればいいだけになってる七面鳥のもも肉。西武デパートの火星第一支店までわざわざ行ってクランベリー・ソース買ってきたんだから！　これはもう絶対、「あ、悪い、俺出張」「そう、残念ね」ですむ事態ではない。それもね、あした帰ってくる出張やあさって帰ってくる出張ならともかく、一週間よ一週間。

ひとしきりぶちぶち言ってたら、ちょうどコーヒーがはいった。ふきながら上ずみの方だけちょっと飲む。あたし、猫舌なのよね。

それに、所長ったら！　これから麻子《あさこ》さんとデートですって！　ますますもって許しがたい。あたしに一人でイヴをすごさせて、自分は麻子さんと一流ホテルで食事！　……はふ。

★

いい加減文句言ってんのも疲れたから、この辺で自己紹介するね。

あたし、森村《もりむら》あゆみという。二十歳、ジャスト。約九ヵ月前にわけあって家出し、ちょっとした事件にまきこまれ、そこで太一郎さん――山崎《やまさき》太一郎と知りあった。で、火星くんだりまで彼について来て、彼が世話してくれたアパートに住み、彼のつとめ先の水沢総合事務所――普通は、やっかいごとよろず引き受け業事務所っていってる――につとめることになった。

火星。月の次、二番めに人類が植民地を作った星。歴史は古く、あちこちにドームがあり、ドーム間はメトロでつながっている。本当にここは——何て星だったろう。

マルス・ポートに船が着く寸前から、あたしの心臓はタップダンスをおどりだしてた。火の星。くすんだ赤に見える星。ドームを造っている硬質ガラスが太陽を弾く。

ガラスを通して都市が見える。まるっきり地球そっくりの都市。ビルディング、ムービング・ロード、色とりどりの車、ハイウェイ、デパート、喫茶店、パブ。時は六月のおわりで、街ではお中元セールをやっていた。

なのに、ガラス一枚へだてたドームの外は、未だ赤い砂漠、そして砂嵐。風が砂の城を築いては壊し、築いては壊し。ほんの——例えば、マクドナルドハンバーガーストアから五百メートルも離れていない処《ところ》で、赤い砂が宙を舞う。

何というアンバランス！ 何というとりあわせ。英國屋かどこかでしたてた一張羅のスーツかなんか着て、そのままムービング・ロードに少し乗り、簡易宇宙服とヘルメットをつければ、人は何千年も前から変わらない火星の砂漠でフォボスとダイモスを見ることができる。

で——まあ。この無茶苦茶な環境の中で、あたしはやっかいごとよろず引き受け業って仕事についた。やっかいごとよろず引き受け業よ、やっかいごとよろず引き受け業。他の仕事ならともかく、この環境でこの異常な仕事でしょ——これ、一昔前の私立探偵と刑事とガードマンをごっちゃにしたような職種なのね——二十歳の、冒険好きな女の子としては、期待しちゃいますわな。昔から推理小説好きだったし。Trouble is my business っつったら、もろ、レイモンド・チャンドラー路線じゃない。

なのに。今、あたしが何やってると思う？　領収書の計算、リスト作り、電話番！

そりゃ、あたしだって、最初から一人前に扱ってもらえるとは思っていなかった。だけど。同期にはいった中谷広明って男《ひと》——二十二歳——は、もう、半一人前として扱ってもらってるわけ。なのにあたしには、自分の力を認めてもらうチャンスすらまだ来ない。

えええええ、判ってます。中谷君は確かにあたしより二つ年上だし、あたしより頭いいし、あたしより実力があるんだろう。けれど、あたしは、少なくとも彼より運がいい。そう、これ。あたし、自分の運の強さとカンの良さだけは、並はずれていると思う。

所長に言わせると、あたしは、経験不足で精神的にいささかもろいのだそうだ。でも。経験不足は認めるけど、あたし、自分がもろいとは思っていない。女の子にしては相当気の強い部類だと思う。とはいっても。所長は三十二で、あたしよりはいろんなことが判ってんだろうし、その所長があぁ言うんだから……。そう思って、納得はしてきた。でね。とりあえず、仕事が単調なデスクワークばかりなら、その間に他の技術をみがいとこう、なんて、殊勝な気持ちにもなってはいた。

他の技術——例えばお料理。おかげさまで最近自慢できる腕になってきたの。でね、うちの事務所、二十四日——つまり今日ね——が仕事おさめで、一月七日までお休みなの。ちょうど、クリスマスから新年じゃない。みがきにみがいたお料理の腕の見せどころよ。

でね。クリスマス・パーティするでしょ、忘年会するでしょ、新年会するでしょ。いろいろ計画してた訳。

なのに！　所長は、恋人でうちの事務所につとめてる麻子さんと、どっか一流ホテルのクリスマス・ディナーに行くっていうし、同僚の熊谷《くまがい》さんは、奥さんとお嬢さんと旅行。結局の処、同僚で暇な人って、太一郎さんと中谷君だけなんだ。

ここまでは、まあ、我慢できた。我慢できないのはこの先。お休みの筈なのに、何故か太一郎さん、急な仕事で木星に出張しちゃうことになったの！　一週間！　おまけに、中谷君も助手としてつれて。

これをね、あなた、許せると思って？　一週間っていったら、クリスマスも忘年会も駄目じゃない。それも、今日急に決まったのよ！　七面鳥とシャンパン、どうしてくれる！　なお許せないのは。せめてあたしも仕事にまぜてくれればいいのに、所長ったら、いとも簡単にこう言ったの。

「あゆみちゃん、あんたはまだ無理だから。経験不足だよ。うちで留守番してなさい」

経験不足って！　半年いて、一つも仕事させてくれないで、どこで経験しろっていうの。それにね、うちで留守番って——あたし、火星に知りあいって、事務所の人位しかいないのよ。

あーん、冬休み、たった一人ですごすんだあ！

「さみしいよお、つまんないよお、バタカップ」

そう言ってバタカップなぜたら、この子本当につまんなそうな顔をしてた。はいはいミルクでしょ。あったためてあげるわよあったためて。

でも。おまえがいてくれてよかった。二人してじゃれようね。

それにしても。あたしがお休み中、たった一人と一匹ですごして、精神的におかしくなったら、所長はどうする気なんだろう。あーあ。

なんてね。こういう処が所長の言う精神的もろさなのかな。例えば、誰もいない惑星の上におき去りにされたら、あたし、絶対生きてゆけない。……太一郎さんや所長なら平気だろうなあ。

は。こういうことを考えるってことはつまり、何だかんだと言いながらあたし、所長を信頼してて好きなのかな、やっぱり。で、その所長に一人前と認めてもらえなくて、ストレスがたまってるんだったりして。我がことながら、人間つうのはやっかいじゃや。

　こんなことぶちぶち言いながら、ミルクをなべに移して火にかける。と、――ふいに思い出す。あ、そうだ。れーこさん。火星にもう一人、知りあいがいた。お隣のれーこさん――沢《さわ》礼《れい》子《こ》。彼女誘って二人してケーキと七面鳥食べてシャンパン飲んで騒ごうかな。夜っぴて女の子とお酒飲むイヴっていうのもいいかも知れない。

　あたたまったミルクをお皿に移してバタカップにあげる。あんまり期待しないどこ。れーこさんには、来年六月に式をあげるフィアンセがいるって言ってたし、常識的にはフィアンセとシャンパン飲む予定だろうから。

でも、万一、ひょっとしたら、れーこさんのフィアンセ、どっかの莫迦みたいに出張かも知れないし。隣の部屋のドアをノックするだけなら——たとえフィアンセが来てたとしても——あんまり邪魔……かしらね。

たっぷり五分迷った末、あたしは礼子さんの部屋をたずねてみることにした。

☆

茶色いドアに、実に上手な木彫でReiko Sawaって彫ってある。その脇に、木の小鳥。下にひもがついていて、これを引くと小鳥はくちばしでドアをつつく。可愛いノッカー。

トントントン。お留守かしら。トントントン。でも灯りついてる。トントントン。と、部屋の中で、ドサッと何かが倒れる音がした。ついで、ガラスの割れる音。

え、何？　あたし、ドアをみつめる。

「誰かいるの？　れーこさん？」

返事はない。不安。泥棒さんでもはいってんのかしら。だとしたら。

深呼吸して、そっとノブに手をかける。仕事はさせてもらえないけれど、あたし、一応この道のプロになる予定なんですからね。やっかいごとよろず引き受け業のプロ。泥棒のまねごともできます。

そっとノブまわす。鍵はかかってない。一安心。一応、鍵のあけ方も習ったけど、あたし、まだ未熟なもので、かなりガチャガチャ音たてちゃうのだ。

気配に注意して。心の中を空にして、何かおこった場合、迷わずあせらず最善の行動がとれるよう。太一郎さんに習った台詞《せりふ》を思い出す。慌てそうになったら深呼吸。軽く目をつむって、まるで音のしないようノブまわす。指先に全神経集中して。

ノブがまわりきる。体中にためていた力を一気に放出し、凄いいきおいでドアをあけ、反射的にみがまえ——みがまえ——あれ？

バン！　なんてかなり凄い音がしてドア開いて——でも、それだけ、だった。ドアの内側であたしを待ち構えていた筈だった泥棒さんの姿は見えず——のみならず、動くものは何もない。あ、やんなっちゃうな、ここまでかっこつけた以上、中に泥棒さんがいてくれないと、実にさまにならないじゃない。おまけに。泥棒さんがいてくれないと、あたし、れーこさん家《ち》にドア壊すようないきおいで不法侵入したことになっちゃう。

が、次の瞬間、そんな思いは吹きとんだ。何、このにおい。気分が悪くなる。くさい。ガスだわ！　あたしは慌ててドアを閉め部屋にはいり、思い直してまたドアを開け、窓を次にあけ、しゅうしゅういってる全開になってるガスの元栓を閉めた。ガスのすぐそばの床、テーブルの脇に、れーこさんがぐったりとなっていた。そばに割れたガラスのコップ。思うにあのドサッ、ガシャンって音は、あたしのノックを聞いて、朦朧《もうろう》としていたれーこさんが起きあがろうとして床に崩れ、ついでにコップをテーブルからおとした音なんだろう。

部屋の温度は急速に下がった。れーこさんの脈はしっかりしてる。この部屋も、息ができないという程、ガスが充満していたわけじゃない。これなら彼女に問題はなかろう。あたしはほっとため息をつくと、思いついてキッチンの換気扇を全部まわした。

うー、嫌なもの見ちゃったな。あたしは重たいため息をつく。キッチンにあったのは、実に暗示的な光景――二つのグラス、二つのお皿、クリスマスの料理、ケーキ、二つのティカップ、花。そして、それぞれ二つある食器は、まるで使われていなかった。

★

「寒い……」

もうすっかりガスが抜けた部屋の椅子にかけ、ぽけっと天井を眺めていたら。れーこさんがふいに声をだした。

「あ、気がついた?」

「あゆみ……さん? あら。どうしたのかしら、あたし……頭痛い……」

のっそりと立ちあがる。まだふらつくのか、そのまま椅子に崩れるように坐りこむ。自分の腕を抱えこんでる。寒いのかな。あたしはドアや窓を閉めてまわり、エア・コンディショナーを一番暖かくセットした。

「れーこさんあなた、自殺しようとしたわけじゃないんでしょ」

頭痛がするのか、こめかみを押さえ目をつむっているれーこさんを横目で見ながら、あたし、お茶をいれる。トワイニングのダージリン。まだ封を切ってない。

「明雄《あきお》さんは……？」

「あきおさん？」

まだ意識がはっきりしないのか、れーこさんはゆっくり首を横にふる。

「ああ……来てないんだわ。そう、来ないって言ったものね」

ひとしきり呟くと、ふいにあたしの問いに答えてくれた。

「自殺なんてそんなこと、する気もなかったわ。ただ、お茶をわかそうとして、火をつけて、椅子に坐って——そのうち、やかんがしゅんしゅんいいだすかわりにガスのにおいがしてきたから、ああ、うまく火がつかなかったんだって思って……それから……何となく面倒で放っといて、そのうち体が重くなって……ノックの音がして……明雄さんが来てくれたのかと思って……立とうとしたけど……あと判らない」

「面倒で放っといたあ？　あなたね、れーこさん。ガス出しっ放しで閉ざされた部屋にいて面倒で放っとくと、死んじゃうのよ！」

「そこまで考えてなかったの……。あなたが助けてくれたのね、あゆみさん。ありがとう」

駄目だこりゃ。あたしは軽く肩すくめて紅茶をれーこさんの前においた。あたしの方は、「あ、悪い、俺出張」で所長にやつあたりする程度だったけど、彼女の方はそれどころじゃないみたい。出しっ放しのガスを面倒で放っとくとなると、これは相当の重症。

お茶を一口飲むと、れーこさんの頭はだいぶすっきりしてきたようだった。ごめんなさいね、と、ありがとう、という台詞に熱がこもる。それから軽く微笑んで。

「ね、あゆみさん、あなた今日、お暇?」

あたしがうなずくと、嬉しそうな表情になる。

「ケーキとワインとお料理があるの。心配かけたおわびに、食べていかない？　七面鳥はないけれど……」

「……五分待つ気があるなら、七面鳥もつくわよ」

「え？」

「あたしの部屋で、七面鳥とクランベリー・ソースが待ってるの」

「あら、お客様の約束でもある訳？　じゃ、さそったら悪いかしら」

「悪くない、『あ、悪い、俺出張』だから」

「え、あゆみさんも？　うちはね、『ごめんね、今日もやっぱり駄目だ』」

かくてすっぽかされた女達二人は、弱々しく微笑みあう訳。

「お宅の猫ちゃんも連れてらっしゃいよ。何ていったかしら……スイトピー？　花の名前よね」

「きんぽうげ。バタカップ」

★

きんぽうげ猫──buttercupを右手に抱え、七面鳥のお皿を左手に持ち、れーこさんの部屋をたずねると、中で音楽が鳴っていた。笛。少しさみしくて切ない音色。知らない曲だ。

ごめんね、今日も駄目だ、か。今日も、ということは、連続して何回かすっぽかされた訳よね。そういう気分の時に、切ない曲聞いてワイン飲むと悪酔いするだろうな。れーこさん家《ち》に立体映像プロジェクターがあれば、あたしの処からメチャ明るい歌持ってこよ。

「わお、何、これ」

居間に料理を移し、あたため直しながら音源を見て、あたし、驚く。駄目だ、立体映像、持ってこられない。

「見るの初めて？」

「ううん、前、博物館かどっかで見たことある」

「趣味が古いのよね。ステレオ」

それに、丸いレコード！　何年前の、これ。

「古道具屋に高く売れると思わない？　このレコード、二十世紀半ばのよ」

二十世紀！

「こんなもの、どこで売ってんの？」

「おばあちゃんの家の物置き。保存状態がよかったし、音響関係の専門店で直してもらったから、まだ聞けるの。どこだったっけ、地球上の国の民族楽器ですって、この笛。いい音色でしょ」

いい音色すぎるわよ。透きとおった音。

「明雄さんもこのレコード大好きなの」

「ふうん……でも、もっと明るい曲、ない？」

「これ嫌い？」

「……あなたが悪酔いするんじゃないかと思って」

「あたしなら大丈夫よ。今、やっとこの曲のヒロインの気持ちが判って、ちょっとこれ聞きたい気分なの」

「ヒロイン……？」

「ああ、これ、バックボーンに物語があるのよ。……とりあえず、お食事、はじめない？」

「あ……うん」

あたし達は、お互いにシャンパンをつぎあい、プロージット、なんて小声で呟いて、淋しいパーティを開始した。BGMに笛の曲。そして、れーこさんは、ひどく遠慮したい気分のあたしに、バックボーンの物語を聞かせてくれた……。

★

まず、愛しあってて、周囲も認めてくれてて、とってもしあわせな恋人同士がいる訳。お互いに、このしあわせはずっと続くものだと信じててね。ところが、ある日を境に、急に男の方が冷たくなるの。いつ電話しても、いそがしい、会えないって返事で。

つまりふられたのかって？　それがそうじゃないから問題なのよ。何だか男性の方は体調が悪くて、ベッドから起きあがるとすぐ気分が悪くなって、日に日に青くやせ細ってゆくわけ。だから、恋人にそんな姿を見せたくないのね。

なのに、女性の方はそれつきとめちゃって、病院へ行って、知ってしまうの。彼が——ガンだって。（ガンって、二十世紀半ばではまだ、不治の病なのよね。）

女の子の方は、恋人に会いたいんだけど、会うの怖い訳。会うと泣きだして、彼に自分がガンだってこと、悟らせちゃいそうで。男性の方も彼女に会いたいんだけれど、彼女に会うと心配させそうで。それに、おぼろげながら、自分がもう助からないんじゃなかろうかってことを知ってて、そんな状態で彼女に会うのがたまらなくて……。

で、この曲はね、彼女の、哀しい、なんであなたが死ななきゃいけないの、会いたい、怖い、それに会ってくれないっていう、交錯した感情の曲なの。

あたし、最初はね、このストーリィ、莫迦莫迦しいって思ってたのよね。あまりにもメロドラマ、死ぬんなら死ぬで仕方ないじゃないって。でも、やっぱり――死ぬんなら死ぬで仕方ない、会ってくれないなら会ってくれないで仕方ない、なんて、そんな簡単に割りきれるもんじゃないのよね、人間の感情って……。

最近、ようやく判った気がする……。

★

そんな曲のヒロインの気持ちが判るとしたら、それは大事だ。おおごとだ……なんて思っているうちに、あたしはだいぶ酔ってしまったらしい。れーこさんのシャンパンあけて、あたしが用意したシャンパンもからになって。それでもまだ二人共、のみやめる気になれず、ついに水割りまで作りだしていた。

体調が悪いのかな。精神状態が悪いのかな。なんか、酔いのまわり方が早い。大体水割り二杯で酔うわけが……あ、この前に二本、シャンパンあけてるんだっけ。あ、駄目、思考、ぐちゃぐちゃ。

あとで思い返してみると、この時あたし、れーこさんに言い続けていたみたい。フィアンセがつめたいって？ そんなの、あなた、別れちゃいなさいよお。

妙なもので、つい先刻《さっき》までフィアンセの悪口ばかり言っていたれーこさん、あたしが別れちゃえって言ったとたん、彼の弁護を始めた。

いい人なのよお。優しくておだやかで、虫一匹殺せないような。

優しい人が、大切なフィアンセにつめたくなんてするもんですか！

あゆみちゃん知らないからそんなこと言うの。本当に、象みたいな目をしてるんだからあ。前の日、あたしが残業して、デートの時疲れた顔をしてるとするじゃない？ そうすると、彼、公園のベンチに坐って、肩あたしに貸して、子守歌歌ってくれるの。

そういう人がね、フィアンセに自殺未遂させるわけないでしょ。れーこさん、だまされてんのよお。

あたしの方は、どういう訳か、れーこさんがフィアンセをかばう度に、彼に対して腹をたてていた。れーこさんは、優しくて、やわらかそうで、とってもデリケートな人なんだから。ちょっと放っとかれると、ガス栓閉めるのが面倒になる程、デリケートな人なんだから。それを放っとくなんて、許せない。

だからね、不治の病なの。

れーこさんのろれつも、段々に怪しくなる。

不治の病なのよ、明雄さんは。病気なんだから仕方ないでしょう。でね、彼にとりついてるのは、ガンじゃなくて、きりん草なの。二十三世紀の不治の病。

きりん草病？　そんなの知らん。

きりん草って草があるの。ヒガ種きりん草火星亜種。憎ったらしい草。明雄さん、その草に夢中なのよ。口惜しい……。あたしのどこが草におとる訳？

ねえ、あゆみちゃん！　あたしのどこが草におとるのよお！

〈十二月二十六日〉

重たい気分で、あたしは立っていた。あたしを乗せて流れてゆくムービング・ロード。考えをまとめたい気分でもあったから、歩いてもよかったんだけど……体を動かすのがどうにも大儀だった。

二十四日は二人して酔いつぶれ、二十五日は一日二日酔。二日酔の頭で一所懸命考えて、で、今、あたしはこうしてムービング・ロードに乗っている。

WUC――ワダ・ウラニウム・カンパニイ。火星リトルトウキョウのほぼ中央部にある会社。れーこさんのフィアンセ――和田《わだ》明雄氏は、この会社の社長になったばかりだという。

彼女の話をまとめると、結局こういうことらしい。和田明雄氏は、ヒガ種きりん草という珍しい草を手にいれ、それに熱中してしまい、最近れーこさんに冷たくなってきた。

おまけに――WUCは、名前のとおり、和田明雄さんの父親が作った会社なのね――その頃、お父さんが病死し、それまで名目上の副社長だった明雄さんは、本物の社長になってしまったのだ。これは、彼の人生設計からいうと、かなりはずれたルートで――予定では明雄氏は会社を重役の一人にまかせ、小さな喫茶店をやる筈だったのだ。そもそも和田明雄という人物は、人の上に立てる性格ではなかったそうだ。性格が変わったのは、れーこさんに言わせると、すべてきりん草に熱中しだしてから。

ヒガ種きりん草っていうのがどういう草なのか、あたし、知らない。けれど。たかが草一本のせいで、あたしの隣人が、出っ放しのガスを止める気にもなれずにいるとしたら――これは許せることではないと思った。

おせっかいかも知れない。おせっかいだろうな。だけど。あたしは、れーこさんがガスとめる気にならない、なんて理由で死にかけるのは我慢できなかったのだ。和田氏に一言文句を言いたかった。

WUCの受付で、まず、予想だにしなかった台詞を聞いた。社長――和田明雄氏は、十一月から今までに、二回しか出社していないという。あたしは火星ジャーナルの女性記者に化けていて、〃若き指導者達〃というタイトルで、若年にして企業のリーダーとなった人物を取りあげるシリーズ物の一つとして、明雄氏のインタヴューをとりたい、と言ったのだ。

「火星ジャーナルの編集部の方ですか。お若いですわね」

齢がきわめて近いおかげで、受付嬢は、あたしにかなりの好意とあこがれを持ったよう。

「直接連絡はとれないんでしょうか。電話か何かで」

一応それらしく、メモを広げて聞く。

「自宅の電話番号はこれなんですけど……社長はあんまり人とお会いにならないんです」

人になかなか会わない男、ね。れーこさんに聞いた人物像とだいぶ違う。

「あなたは和田さんにお会いになったことはありまして？」

質問してもらいたい、という表情を、受付嬢がしていたので、あたし、聞く。

「ほんの数回。よく判らないんですけれど……ユニークな方ですわ」

一人で入り口に坐っていてたいくつしてんのかな、彼女は熱心に話してくれた。

「何だか普段は、おとなしくて気が弱――いえ、優しそうで、おっとりした方みたいに見えるんです。でも……会社の運営なんかで、重役の人達と意見が喰い違ったことが何回かあるんですよね。決して意見をまげないんです。重役の人や何かを自宅へ呼んで説得するんですけれど、すると、百パーセント、重役の方が意見変えますね。あのへんは、前の社長そっくりです」

「重役を家へ呼ぶんですか」

驚く。二十六、七の若造に家に呼びつけられたら――重役なんてのは、大抵齢とってるだろうから――生意気と思われないのだろうか。それに、個人の家でビジネスの話をするっていうのも、何か変よね。

「変わった方なんです。でも、お家へ重役を呼ぶ時の社長って……何ていうのか、りりしくて、素敵ですわ」

あたし達はそのあと数分、とりとめもないおしゃべりをし――あたしは、電話をかけず電話番号を頼りに和田氏の家をみつけ、直接たずねてみることにした。

★

しゃわしゃわしゃわしゃわしゃわしゃわしゃわしゃわしゃわ――。

あたしのアパートなんかとは格が違う、相当立派なマンションのドアの前で。あたし、ためらう。中から変な音が聞こえてきているのだ。れーこさんの件があったばかりだから、一瞬、うわ、ここもガスかな、なんて思った。でも、よく聞くと違う。水の音。シャワーかな。だとしたら――どんな勢いで出してるんだろう。かなり厚そうなドアだから、防音設備はとのってるんだろうと思う。なのにこれだけの音が聞こえるとすると……。やっぱり、金持ちだなあ。

火星において、水は非常に貴重な資源である。何つったって、殆《ほとん》どないんだから。一般庶民のあたしなんか、お風呂にはいるのも二日か三日に一度よ。水道代、滅茶苦茶なんだもの。それを――これだけの音をさせるなんて。まったく筋違いとは思うものの、風呂好きのあたしは、和田氏に故のない怒りを覚えた。

ドア・チャイムを押す。ややあって、インターホンから声が出てきた。

「新聞はとってます。買いたい物もありません。生命保険にもはいってます」

何ちゅう返事だ。頼りなさそうなやわらかいバリトン。これが和田明雄氏かな。

「新聞の勧誘でもセールスマンでも保険の外交でもないんですけれど」

ややあって。

「どなたです」

「森村あゆみと申します。沢礼子さんのお隣に住んでいる者です」

「礼子のお友達ですか」

「ええ」

再び沈黙。あたし、この沈黙、ドアの鍵を開ける為のものだと思ってたのね。なのに、ややあって、声。

「あの……どんな御用でしょうか」

これには少しかちんときた。大会社の社長か何か知らんけど、少し失礼ではなかろうか。

「礼子さんのことでお話ししたいことがあるんです。……廊下で、あまり大声で話せるような用件ではないので、入れて頂けないでしょうか」

返ってきた言葉は、またもや、予想を大幅に裏切っていた。

「あの……僕が聞かなくちゃいけないようなことでしょうか」

聞かなくちゃいけないって、あなたはれーこさんのフィアンセでしょうが。そう言いたいのを何とかおさえて。

「……ええ」

声が少しくぐもって、強い調子になってしまう。

「あの……中に入れなければいけませんか」

「ええ」

何か変だな。さすがに、ここまで来て考える。どこか、彼の台詞、ピントがずれてると思わない？

「では……どうぞ」

てな具合で、和田明雄氏、ドアを開けてくれた。何よこれ！　まず、めんくらう。

ジャアジャアジャア……水音は、はるかに大きくなっていた。シャワーの音、というより、滝か何かの音みたい。

和田明雄氏は、イメージとは全然違うタイプだった。少しきつそうな青年実業家を予想していただけに……。

まず、汚なかった。あれだけ凄い水音がしているというのに、彼氏の方は、まず二週間はお風呂にはいっていない。太一郎さんが、たまに面倒になると、それ位の間お風呂にはいらないので、その手のみきわめはわりとつく方だと思う。ついで、髪。もろ、寝おきのまま。ひょっとして、先刻の会話は寝ぼけてたのかしら。おまけに、床屋さんともしばらく御無沙汰してるわね。きわめつけはひげ。ひょっとしたら、これから全面的に伸ばすつもりなのかも知れないけれど、まず、無精ひげでしょうね。それも、決して濃くない。うすいカビみたいなひげ。

体格も、きれいさっぱりあたしの予想を裏切ってくれた。まず、背が低い。少しぽっちゃりしている。目は山羊の如く柔和。口許には軽い笑み。この人物のどこをどうおせば、青年実業家って答が出てくる訳？　成程、これなら、れーこさんが言った性格描写――やたら優しくて、ちょっと頼りにならない感じがして、でも、やたら正直で好人物で、子守歌歌ってくれる――に、ぴたっとあてはまりそう。

「男の一人住いなもんで、とり散らかしてて、どうも……」

「いえ。気になさらないで下さい」

とはいったものの。あたしは猛然とわきおこってくる、掃除をしてあげたい、という衝動をおさえるのに苦労していた。まあったく、何て部屋！　十二畳位の広さがあるのに、殆ど床が見えていない。散乱している本、新聞、山積みの食器。会社一つ経営しているなら、お手伝いさんくらいやとえばいいのに。

「えーと、お茶でもいれましょうか……あ、この雑誌のけると、椅子がある筈です……」

「うわ、お茶くらい、あたしがいれます」

叫んじゃう、もう。

「和田さんは、椅子を雑誌の山から救済してやって下さい」

雑誌は、園芸関係の専門誌だった。一番上にあった奴の表紙には、実に可愛い草が写っている。濃い緑の丸い葉、小さな黄色の花。黄色の花弁の処々に黒いもよう。その表紙の下に〝ヒガ種きりん草火星亜種〟と書いてある――きりん草って、これかあ。れーこさんも、彼と一緒にきりん草の世話すればいいのに。ふとそう思った。何というのか、その草は人を和やかにさせる。極く平凡なマイホームパパの和田氏と、れーこさんと子供。居間にきりん草の鉢。あれ、目の仇《かたき》にせず、そういう暮らしを営めばいいのに。そっちの方が、れーこさんにも和田氏にも、ずっと似合いそう。

コーヒーを飲みながら、和田氏とむかいあう。和田氏は、気弱な微笑みを浮かべて聞いた。

「あの、で……礼子が何か」

あーん、困っちゃう！　こういう事態は予想だにしていなかったのよね。あまりにも優しそうな和田さん。でかかった文句の言葉が、つっと降りていってしまう。抗議する、という気分になれない人柄なのだ、この人。

けれど、まあ。ここでお茶飲んで世間話始めると、何の為に来たのか判らなくなっちゃうから。

まずは。

「あの、誤解なさらないで欲しいんですけれど、あたし、れーこさんに頼まれて来た訳じゃないんです。その点をまず含んで頂いて……あたし、あなたに文句を言いたい」

きっと和田氏をみつめる。

「どういう事情があるのか存じませんし、第三者が脇でごちゃごちゃいう問題でもないと思います。でも……あなたが礼子さんの婚約者なら、彼女にもう少し気を遣ってあげて下さい」

あたし、クリスマスの日の彼女とガスの話をした。話すにつれ、和田氏の顔色はどんどんあおざめてゆく。うっすら涙すら浮かべているよう。どうしよう……悪かったのかな。追いつめてしまったのかしら。あんまりこの人を苛《いじ》めちゃいけない。そんな気がした。何つうのかその……可哀想。

「判りました。そうですか。どうもわざわざ」

混乱しているのか和田氏は、とりとめのないことを言う。あたしはこれでこの会見をとりやめることにした。彼をこれ以上、苛められない。この人が約束をすっぽかすとしたら、それはもうよんどころない事情があるのだろう。

「あの……判って頂けたらいいんです。どうも変なこと言いに来ちゃって、ごめんなさい。あたし、そろそろ失礼しますね」

立ちあがりかけるあたしを、和田氏、手で制す。

「待って下さい、森村さん。その……待って」

「はあ」

何か極度に悩んでるみたい。汗かいてる。

「あの……僕は……僕は、もう、礼子には会えないんです」

「は？」

「もう二週間以上、会ってません。ＴＶ電話で話す時も、いつもＴＶの画像の方を切っちゃって、彼女の顔を見ないことにしているんです。もう会えないんです」

「どうして……です？」

「会っちゃいけないんです。僕……もう、彼女の夫になれない体なんです」

「はあ？」

その逆の台詞は聞いたことがあるんだけれど。……どういうこっちゃ？　不治の病。その言葉が心をよぎる。でも――まあ――この人、肉体的には健康そうだし。

「だからとにかく、僕と結婚すると彼女は不幸になるんです。で……別れ話しようと何度も思いました。でも、駄目なんです。彼女の顔見ると言えないんです。だから会わないようにしたのに……画像切って、声だけの電話でも、やっぱり別れ話なんてできないんです。切ないんです。彼女を、愛してるんです。本当に」

愛してる、なんて大仰な台詞、よく言えると思ってしまう。でも、ここで茶化しちゃいけない。和田さん、とてつもなく真剣なんだもの。

「だからその……どうしたらいいんです」

「は？」

急にとんだ台詞についてゆけない。このだからはどこから続く訳？　どうしたらいいって何を？　えーい、何ちゅう日本語しゃべるんだこの男は。

「お願いです。教えて下さい。どうしたらいいんでしょう？」

「どうしたらって……何をどうしたら？」

「僕はどうしたらいいんです！　僕は彼女を愛してるんだ！」

「はあ」

「彼女がいないと生きてゆけないんですよ！」

「……はあ」

聞いてるこっちが赤面してくる。

「彼女も僕を好いてくれてるんでしょ？　僕が約束をすっぽかし続けると、生きるのも面倒になる程」

「……はあ……」

「なのに、僕は彼女に会えないんです！　この矛盾をどうしたらいいんですか！」

「あのね、和田さん」

ほとほと呆れてしまう。

「もっと判るように言ってくれませんか？　何であなたは、れーこさんと会えないんですか」

「僕はこれからの一生を、父と人類の罪をつぐなう為に使わなきゃいけないんです。そんな僕が、どうして彼女の夫になれます？」

人類の罪をつぐなう為に一生を使う。だいぶ話が……何ていうのかその……滅茶苦茶になってきた。

「それはどういうことなんです？　人類の罪をつぐなう為に一生を使うっていうのは」

「僕の父は――そして人類は、きりん草に対して、僕の一生をもってしてもつぐないきれない罪を犯してしまったし――今現在、犯しつつあるんです。僕は、それをつぐなわなきゃいけない」

「きりん草？　あの草ですか？」

雑誌の表紙の可愛い草。あれに対して犯した罪……？

「あのね、もうちょっと具体的に。それはどういうことなのですか」

「つまりそれは」

和田氏の顔が、一瞬、凍《い》てついた。

「つまりそれは？」

「コーヒーもう一杯飲みますか」

え、何？　急に和田氏の口調が変わった。

「コーヒーなんか結構です。つまりそれは何ですか」

「何の話です」

「とぼけないでよ和田さん!」

この人、どうかしたんだろうか。顔つきが——別に顔が変わったってわけじゃないんだけれど——別人の顔。柔和な目の色は失せ、鋭角的なまなざし。これは——これが、最初イメージに浮かべていた、青年実業家の顔だ。妙なもんで、目が鋭くなると、背丈まで高く見えてくる。

「失礼ですが、僕には仕事がありますので。礼子にはよろしく伝えて下さい」

立ちあがる。帰れ、という意思表示なのかしら。

「ちょっと和田さん! 話はまだ全然済んでない!」

「大変申しあげにくいんですが、僕はいそがしいんですよ」

わざとらしく時計に目を走らせる。

「またいつか、ゆっくりお話ししましょう。それでは」

「それではって……それはないでしょう!」

「叫ばなくても聞こえますよ。それでは」

「ちょっと!」

「若いお嬢さんがそんな大声をあげるものではありませんよ。はしたなく思えます」

きりん草があの人にとりついているの。れーこさんの泣き声が、突然現実味をおびてくる。あたしが、どうしていいのか判らず、おろおろしていると。突然和田氏に二度目の変化がおとずれた。

「大変だ！」

いきなり叫ぶと立ち上がり、あわを喰って奥の部屋へかけてゆく。ばたん！　もの凄い音量で開けはなたれる、ドア。強くなる水音。次の部屋の中は大雨で、雨にぬれてきりん草がはえていた。水道の蛇口をひねる気配。より強くなる水音。

あたしが呆然と彼の妙な行動を見ていると、和田氏は再び、だだだだだっと駆け戻ってきた。

「すいません、どうも、何のお構いもできませんで。ごめんなさい、今、たてこんでて」

元の柔和な和田さんに戻っていた。

「先刻は失礼なことを言いまして。全然、はしたないなんて思ってません。どうも」

あきらかに混乱している。

「礼子に謝っといて下さい。クリスマスすっぽかして悪かったと。ではまた。僕は急ぎますので」

だだだだだ。和田氏、また、奥の部屋へ駆けてゆく。ドアをバタンと閉じる。

一人、和田氏の部屋にとり残されて、呆然とあたし、ショルダーバッグを手にとった。奥の部屋で動きまわる気配。一体全体、何が何だか……何だこれは。

十分位ぼけっとしていたあたし、仕方ないから外へ出た。礼子によろしく、礼子に謝っといてっつったって。この状態、どう言えっつうの！　本当にまったく、一体全体。

今の、何よ？

〈十二月二十七日〉

電話のベルが鳴っていた。ぼけっとしていたあたし、のそのそと電話の前に椅子ひきずってゆく。れーこさんがガス止めるの面倒になった気分、よく判った。今のあたし、椅子から立つのも面倒で、椅子ひきずって歩いてるのよ。ずるずる。あの状態の和田氏に会えば、誰でも虚脱状態になると思う。

そう！　虚脱！　えらく、すごく、とっても、非常に、どえらく、どうしようもなく、すさまじく、疲れるのだ。別に彼が何をしたって訳でもないんだけれど……えーい、正直に言っちゃおう。およそ普通の人なら、さながら発狂寸前の態《てい》を示している、母性本能をくすぐるタイプの知りあいの男と、一時間にわたって会見したら、疲れますわな。

コール十二回目にして、ようやく電話にたどりつく。しつっこいコール。まだ切れてない。

「はい」

スイッチいれると、一瞬画面にメダカが群をなして横切ってゆくような線がはいり、次の瞬間、太一郎さんの顔が映った。

「よお。何やってたの」

「太一郎さん！」

現金なもので、あっという間に虚脱状態はどこかへ行っていた。

「ね、太一郎さん！　今、どこにいるの」

「木星だよ。知っているだろ」

ああそうか。彼は出張してんだっけ。

「約束を果たせなかったからね。ちゃんとうめあわせしてやろうと思って。どう、優しいもんだろう」

本当に優しい――というか、何というタイミングの良さ！　あたしは息せききって話しだした。

「ね、太一郎さん。何とかして欲しいの。お願い」

「何を」

「何て言ったらいいのか――すごくやっかいな事態にまきこまれちゃったの。どうしていいか判らない」

「へえ、あゆみちゃん」

　太一郎さんは、人をからかう時の口調になる。

「あんた、こないだ、所長にむかって、何で仕事やらせてくれないんだっていきまいてたよな。ということは、やっかいごとよろず引き受け業のプロになる自信、あるんだろ。プロがやっかいごとにまきこまれててどうするんだ」

「そんなこといったって……。単なるやっかいごとじゃなくて、どうしようもないやっかいごとなのよお。何をどうしていいのか判んないんだもの」

「大抵の依頼人は、自分のまきこまれてるやっかいごとは、単なるやっかいごとじゃないどうしようもないやっかいごとだって言うけどね……ま、愚痴なんてこぼさないで。言ってみな。何がどうしたんだ」

　あたしは、混乱している頭を整理しつつ、れーこさんを助けた処から始めて、和田氏との会見の話までをした。

　和田氏との会見。頭の中にこびりついて離れない光景。そう、これが疲労の一因でもある。

　奥の部屋の天井には、巨大なシャワーみたいなものがついていた。その下に、草——多分、あれがきりん草。きりん草へむかって、さながらスコールのように雨が降りしく。その強い雨に打たれ、なお元気なきりん草。ざあざあざあざあ、という音をBGMにして、きりん草の姿は、少しけぶって見えた。

あの雑誌の写真とは、全然イメージが違うのよ。

まず、大きかった。とてつもなく。二メートルはありそう。丸い葉はその一葉一葉がひとかかえもあって、サボテンより葉肉が厚い。茎も太く、細かい毛がびっしりとはえている。茎の下から八十センチ位の処までは葉があるのだが、その先は、ただ茎だけが長くすらっと伸び――さながら、きりんの首のよう。色は、青味がかった緑から徐々に黄色に移行して。先端の方は、完全な黄色になっていた。処々に黒い点。まさしくきりん。そして、花。〝可憐〟という言葉から、これ以上離れた花も珍しいと思う。ただただ巨大で厚い花弁。ぼてっと重たそう。

そう。この花の基本的イメージは、ひとことで言うと、グロテスクだった。

ただ。あたし、この花を見たとたん、ふいに息がつまったのだ。何でだか判らない。なつかしく温かい優しいイメージ――あ、この表現、違う。あたしが優しくなれそうなイメージ。小さな子供のもみじのようなてのひらを見た時、感じるもの。おまえの指を、あたしは簡単に折れるんだよ。でも、そう思うのは最初だけ。それはあまりにももろそうで――もろそうだからこそ、逆に折ることが許されない。その花は、どっしり落ち着いていて、重そうで、折ったりしたら血を流しそうで、怖くて、愛おしくて、優しく扱ってあげたくなる。

そして、どういうわけか、判ってしまったのだ。きりん草は疲れていた。のみならず、苦しそうですらあった。何でだか判らないけれど、肩でぜいぜい息をしているような雰囲気。

だからあたしは、そのきりん草の世話をしている和田さんの邪魔をするのがしのびなくて。

それで、だまってあそこから帰ってきたのだった。

☆

「は……ん。何していいか判らないって」

話を聞きおわると、太一郎さんは莫迦にしたような声を出した。

「それじゃおまえ、この仕事つとまらんよ。たとえ見習いでもな。ふ……ん。これ、案外、いい機会かも知れないな。あんたが経験つむ為には……。とりあえず、この件を――礼子さんって人には悪いけど、実地演習だと思ってやってみたらどうだい。手をつける糸口はいろいろありそうじゃないか」

「糸口って、どこに。大体、これ、どういう事件なのよ」

「とりあえず、こう仮定してみろよ。礼子さんという依頼人が来た、と。彼女の依頼内容はこう。最近、恋人――というか、フィアンセの、和田明雄の様子がおかしい。自分としては、原因は、彼の家にあるヒガ種きりん草だと思う。何とか、彼がおかしくなった原因をつきとめ、彼をもとに戻して欲しい、とね。了解?」

「うん、まあ……そこまでは判った」

「そこまで判ったんなら、やることは一杯あるだろう。まず、ヒガ種きりん草について、調べられる限りのことは調べるんだ。どこの植物か、特徴は何か、栽培はどうするか……俺の記憶が間違ってなければ、そのきりん草、変だぞ」

「変……って？」

「ええとね……前、確か、きりん草について調べてみたことがあったんだよな……群竹《むらたけ》っつったかな、あの時の依頼人は。ええと、多分、きりん草——ヒガ種きりん草火星亜種っていうのは、もっとずっと小さい筈だ。五十センチない位に。花だって、そんなに大きくないし、そんなにグロテスクでもない。おまえが最初に見た雑誌の表紙の写真な、そっちが多分、一般に言われてるヒガ種きりん草だ」

「ふう……ん」

「それから、和田明雄が重役を説得したって時の具体的内容な。おまえさんの話から判断した限りでは、和田明雄は、目上の重役を自分の家に呼びつけて説得できる人物ではない。とすると問題は——どうして彼が、そんなことをできるようになったのか、だ。あんたと話している時にも、和田氏は急に態度がおかしくなったんだろう。そして、まともに戻ったとたん、きりん草がおかしくなった」

意味がよく判らなかった。

「あと……これはあたってるかどうか判んないけど、もう一つ、糸口があるかも知れない。きりん草ってのは、愛玩植物だろ。きりん草を飼ってる人のリスト作ってみてくれ」

「持っている人のリスト?」

「そう。もし、れーこさんが言うように、明雄氏がきりん草にとりつかれたなら、他のきりん草の持ち主について調べてみるのも無駄じゃないだろう」

「O……K」

「おい、そんな情無《なさけ》さそうな顔すんなよ。所長にむかって、『何であたしに仕事させてくれないんです』ってたんかきってた時の迫力はどうした」

……そんなこと言ったって。

「……あ、それから、麻ちゃんとこの電話番号、判る?」

「……麻子さん?」

「そう。俺、数字覚えんの苦手だから、必要不可欠の番号しか覚えてないんだ」

するとうちは必要不可欠なのかなあ。保護者の責任から出た言葉って判っていても、少し嬉しい。

「えっとね、言うよ。メモある?」

「OK」

番号をメモしおえると、太一郎さんは、煙草に火をつけにやっと笑った。

「お正月は火星でむかえられそうだよ。こっちの仕事、もうめどがついたから」

……太一郎さんが、とってもたのもしく見えた。

「七面鳥食べられなかったから、おせち料理でもリクエストしようかな。明日か明後日の夜、また電話する」

「うん」

目一杯元気そうに笑ってみせる。

「じゃな」

あたしがさよならを言う前に、画面から太一郎さんの姿は消え失せていた。

☆

「ごめんね、あゆみちゃん」

こう言うのは七度めの、れーこさん。

「ううん、全然。むしろこっちがお礼言いたいくらいよ、本当。格好の仕事、提供してくれて。これ上手に解決して、所長の鼻あかしてやるんだ」

しばらく考えた末、あたしは今まであったことをすべてれーこさんに話したのだった。おせっかいって言われるかも知れない。怒られるかもしれない。でも、今のままじゃれーこさんの神経焼き切れちゃう。何か彼女に打ちこめることを作ってあげたかった。そこで、先日和田さんの処で見た話をした訳。二人してきりん草のことを調べたりすれば――何か目的とやることがあれば――それがフィアンセにかかわることであればなおさら――れーこさんの精神衛生にいいのではないかと思って。

で、今。あたしは電話回線を図書館につなぎ、きりん草に関するデータのファイルを作り、まとめている処。れーこさんは――彼女は一応、WUC新社長のフィアンセとして、重役達に紹介されているから――WUCの重役達に、さりげなく話を聞いている処。

「もしもし。私、沢と申しますが……あ、佐竹のおじさまですか？　沢です、沢礼子。……あ、いいえ、今日お電話したのは、お仲人の件じゃなくて、一応明雄さんのお仕事を理解しておこうと思いまして……ええ。明雄さんったら、仕事のことは何も教えてくれないんですのよ」

重役の一人で、来春二人の仲人をつとめる予定の人物に電話をしているれーこさんの声を聞きながら、あたしは図書館から送ってもらったファイルを開く。文字が流れる――。

〈十二月二十九日〉

いろいろなことが判った。ずいぶん、意外なことも。結局あたし達二人、大そうじもせずに、今日で丸二日、電話と資料にしがみついていたんだもの。

まず、ヒガ種きりん草について。あたし、最初はこれのこと、地球のきりん草の、火星亜種だと思ってたのよね。ところが、全然違った。ヒガ種きりん草の原産地は、第21星域76番星の第二惑星ヒガだったの。ヒガ、なんて惑星名、聞くの初めてだから気づかなかった。

そして。ヒガ種きりん草の命名者——里中涼一《さとなかりょういち》という人物は、意外にも——というかやっぱり——WUCの社員。WUC——ワダ・ウラニウム・カンパニイは、名のとおり、ウラニウムの探掘会社なのだが、惑星ヒガには相当のウラニウム鉱があるらしい。つまり、WUCがウラニウムを探掘しにヒガへ行った時のおみやげとして、きりん草は初めて火星へ来たらしいのだ。

　で。これがまたややこしいのだが、和田さん家《ち》のきりん草が、本物のヒガ種きりん草なのね。他の家庭にあるきりん草――一般に、火星きりん草と言われているもの――は、ヒガ種きりん草火星亜種。きりん草を火星用に品種改良したもの。

　ヒガ、という星は、滅茶雨の多い星なのだ。毎日がスコール。日本風に言えば、毎日が風のない台風。で、火星は、水の殆どない星。火星できりん草を栽培する為には、和田さんのやっていたように、部屋の中を大雨にしなければいけない。ところが、一般の火星家庭で、まずそんなことはできない。そこで、もともと比較的水のいらない種類のきりん草を品種改良した奴を、普通の家庭では栽培しているわけ。（といっても、やっぱり一般の植物とは比較にならない程水を喰う。）従って、普通のきりん草は、もっとずっと背が低く、花も可愛くなっている。

　さて、では、何故、そんな火星に不向きの植物を、わざわざ品種改良してまで栽培するのか。きりん草には、それだけの価値というか、魅力があるのだ。

　とても優しい草なのである。変な表現だけれど。

　前に書いたよね。きりん草を見ていると、あたし、切ない程優しい気分になれるって。それは、あたしの感性の問題だったのではなく、きりん草の特質だったのだ。あれが一輪あると、あたりの雰囲気は和やかになり、人々は優しい気分になれる。特にすぐれているのは、夜の友達としてで、きりん草を枕元におくと、おだやかに眠りにつけ、優しい夢を見る。

あと、かなり難儀だろう、と思った、きりん草所有者のリストも、楽に作れた。さいわいなことに、きりん草は、おそろしく高価な植物なのだ。輸入するのに極めてお金がかかり——ヒガ、という星は、一般の定期宇宙船の航路から外れた処にあるので、わざわざその為だけに特別機をしたてなければならなかった——、品種改良にも極めてお金がかかったから。おまけに——やたら水を喰うので、栽培にもお金がかかるでしょう。故に、今現在、火星できりん草を所有している家庭は二十九。なんなくリストを作れる数だし、その気になれば一々家庭訪問をできる数でもある。

☆

「ね、あゆみさん。惑星ヒガって御存知?」

一方、れーこさんは別のルートでヒガって単語にたどりついたみたい。夜、情報交換をはじめると、彼女の口から、まず、この言葉が出た。

「御存知も何も、かのきりん草の原産地よ。れーこさんの方も、それ?」

「ええ。明雄さんが重役と対立したのは、主にヒガの開発問題ですって。明雄さんは、ヒガのウラニウム資源に見切りをつけていて、79番惑星ゴコクに発見されたウラニウムの開発をした方がいいって意見なんだって。言ってたわ、みんな。新社長はひどく慎重だって」

「慎重?」

「ヒガの方は、まだウラニウム鉱はさして発見されてないーーあると予想されていて、試掘をしている処なんですって。その点、ゴコクはもうはっきりと所在が認められてて……。ただ、ゴコクの方が、ほりにくいのよ」

「ほりにくい?」

「気象条件がひどく人類に不向きなんですって。だから、先の社長は、ゴコクに見切りをつけて、ヒガの方を選んだわけ」

「ふうん……」

生返事しながら思う。先の社長はヒガの方を選んだ。ということは、まだ予想の段階とはいえ、ヒガのウラニウムは決して不確実なものではないんだ。そのヒガを捨てゴコクを選ぶ……。

何でだろう。何で……。

きりん草が彼にとりついてるのよ。れーこさんの台詞。

あはっ、まさかね。確かにきりん草が意志持ってたら、地球人をヒガから撤退させたいでしょうけどね。

「でも……驚いちゃった」

れーこさんは、今や全然違うことに気をとられている様子。あたしの生返事など意に介さず言う。

「みんな、明雄さんにすごく肩入れしてくれてるの」

　オーブンから肉を出す。

「あれはいい社長になれるって。一見、頼りなさそうに見えるけれど、いざとなったら人が変わるみたいだって……。明雄さんのこと、すねかじりの二代目がろくな社長になれるもんか、なんて面と向かって言ってた人まで、私は人を見る目がなかったようだって謝るの……。重役達は一致して彼をもりたててゆくつもりみたい」

　こう言う時のれーこさん、ひどく複雑な表情。

「判んないわ。明雄さんがみんなにたよられてるって、嬉しい気もするの。だけど……もともと明雄さん、単に筆頭株主であるってだけで、会社の経営に加わるつもりなかったでしょ。あたしだって、社長夫人になるつもりなんてなかったのに。未来の社長夫人、あなたの責任は重大ですぞ、がんばって御主人の手助けをしてやって下さい、なんて言われても……」

　しばらくの重い沈黙。それから、ため息と一緒に。

「怒られちゃったのよ、お仲人頼んだ人に。最近、彼、人が変わったみたいで不安だって言ったら、あなたがそんなことを言っててどうするんだって。男には野心ってものがあるんですって。会社の経営に加わることによって、明雄さんに野心が芽生えたんなら、それは素晴らしいことじゃないか、あなたがそれを育ててゆけるよう、手伝ってあげなきゃ駄目じゃないかって……。ほんとに判んなくなっちゃった。みんな、今の明雄さんの方が前の明雄さんよりもいいって言うんですもの。あたしは前の彼の方が好きだったのに。……ねえ、あゆみさん。あなた、どう思う？　あたし間違ってるのかしら」

何て答えていいのか判らなかった。あれを野心の芽生え、と言うのだろうか……？　あたしの印象だと、どっちかっていうと狂い始め。

あたしが答えられずどぎまぎしていると――本当、どぎまぎするわよ。だってれーこさん、まっすぐな目をして、じっとあたし見てるんだもの――ちょうど折よく電話が鳴った。頼りがいのない友達だな、などと思いながらも、あたし、電話に駆けてゆく。やっぱり太一郎さん。

あたしは、れーこさんに彼を紹介し、二人して調べたことを太一郎さんに報告した。太一郎さんはしばらく腕を組んで考えこみ、おもむろにこう言う。

「あゆみちゃん、おまえさん、その二十九人のリストに載ってる人物の職業調べたか？」

「え？　……ううん」

「ちょっと調べてごらん」

「どうやってよ」

そんなプライバシーに関すること、どこに聞いても教えてくれないわよ。園芸雑誌のリストにも、職業までは載ってなかった。

「紳士録ひいてみな。思うにその人物は、全員紳士録に乗る程度の男だぞ」

電話を切らずに紳士録引く。本当だ。二十九人のうち二十五人までが、ちゃんと載っていた。

「OK。で、職業は？」

「ええと……嶋村政行、運輸省火星長官、群竹貴之、ダフネ旅行社火星代表――あ、これがこの間太一郎さん言ってた人ね、それから、田所信、惑星開発局長官、村田明、セレーネ宇宙観光社社長……あれ」

「やっぱりだ。えらく職業が偏ってるだろ」

言われてみれば。観光会社の連中もひっくるめれば、すべて惑星の開発と交通に関する職業の人だけ。

「どうしてかな。やっぱり、こういう職業の人の方が、他の星の植物なんかに対して、理解があるのかしら」

「かなり脳天気だな……。ま、いいか。ところで、麻ちゃんから電話なかったな」

「うん……どうして」

「いや、なきゃいいんだ。……まずかったかな、麻ちゃんに連絡したの……むしろその方が勉強になるかな」

どういうこと、この太一郎さんの台詞。あたしが黙って太一郎さんの次の台詞待ってると、彼はややあって、妙なことを言いだした。

「ああ、そうだ、あゆみちゃん。クリスマスすっぽかして悪かったな」

「え……あ……うん」

何だって今更。

「本当、悪かったよ。お正月は絶対一緒にいてやるからな。せっかく俺の為にケーキまで焼いてくれたっていうのに」

「ちょっと、うぬぼれないでね。別にあなたの為に焼いた訳じゃ」

「ああああ。怒るなよ。悪かったって。そんなつれない言い方しなくてもいいだろう」

つれないって……他にどう言えばいい訳よ。太一郎さん、どうかしちゃったんだろうか。あたしが唖然としていると——画面の中の太一郎さんは、ウインクよこした。

「拗《す》ねなさんなよ、いい子だから。……愛してるよ」

うわあ！　ぐわん！　鉄製のハンマーで頭ぶんなぐられたような気分。どうしたの、この人。あたしと彼はそんな仲じゃなかった筈よ。れーこさんは気をきかせたのか、洗面所の方へ行ってしまった。と。太一郎さん、にやっと笑って。

「んな凄い顔すんなよ。可哀想に、それじゃおまえにほれた男、全部逃げちまうぜ。……冗談だよ」

「じょーだんってあなたね、そんな突然、言っていい冗談と悪い冗談が」

「があがあわめくなって。彼女——れーこさんに居て欲しくなかったから言ってみたの」

「へ？」

「悪いけど席外してくれないっつったんじゃ不自然だろ。だからお芝居してみただけ」

……なんだ。軽く失望したりして。

「おまえさんだけに言っときたいことがあるんだ。二、三日で俺は帰る。それまで、何もすんなよ。やっぱり不安だ。俺がついててやる」

「……どういうこと？」

「あんた、割と莫迦じゃないから、近いうちになにもかも判っちまうと思うんだ。いいか、仮に方法がみつかったと思っても、何もすんなよ」

「……全然意味判んない」

「判んなきゃ判んないでいいんだ。要はね、こういうこと。俺が帰るまできりん草に近づくな。れーこさんも、近づけるな。ＯＫ？」

「……ＯＫ」

あたし、しぶしぶこう言う。

「そうか。じゃな」

太一郎さん、笑って。でも、今日の電話はこのあいだ程すぐには切れなかった。画面で太一郎さん、もう一回とびきり上等の笑顔作る。

「おせち料理は本当に結構期待してたりして」

明日、正月料理の本を買ってこなければ。そんなことを考えて、あたしは彼に下手なウインクをした。

★

「いいわね、あゆみちゃん。素敵な恋人がいて。……それに……それにね、あたし、判っちゃった」

洗面所から帰ってきたれーこさんが、くすくす笑いながらこう言う。でも、その目は笑っていない。

素敵なあ? あたし、思いもかけなかった形容詞聞いて、どぎまぎする。それから少しあせったりして。あたしね、判っちゃった。どういう意味だろう。まさか、ラストあたりの太一郎さんのわけの判らない台詞、聞かれてた訳じゃ……。洗面所のドアはベッドルームにも続いてるんだ。ベッドルームには、れーこさんの家からひっぱってきた電話がある。二人して同じ資料調べる時の為に、回線をつないである筈。その気になれば、今の会話全部盗聴できる。

「素敵? あの無精ひげだらけの人が」

どぎまぎした気分をごまかす為、とにかく何かしゃべる。

「そんなこと言っちゃ悪いわよ。彼、木星なんでしょ。今。すごいわあ。木星から長距離電話掛けて煙草吸う人なんて、初めて見たわ」

「あん?」

「彼氏、今月破産するんじゃない？　さもなければお給料の前借り」

「あ！」

惑星間長距離電話！　い……くら、かかるんだっけ、あれ。まっ青になりながらも、実はほっとする。ラストの会話聞かれてた訳じゃないみたい。でも。だとすると。

「ね、れーこさん、判ったって何が」

「あの人――山崎さんっていったかしら、頭いいわね。……気づかない？　きりん草を所有している人のリスト見て。あのね、もし――もしも、よ、人が趣味できりん草を栽培してるんじゃなくて、きりん草が自分を栽培する人を選んでるとしたら……」

「……」

背筋を走り抜ける戦慄。襲ってくる高揚感。そんな……多分。でも……だから。

先刻から、何となく思っていたこと。きりん草が意志を持っているのなら。きりん草がテレパシーでも持ってたら、地球人の精神をあやつれるのなら。でも。

そんなことがあり得るとは思いたくない。でも――そんなことがあり得るからこそ、太一郎さんはあのわけの判らない台詞を言ったのだろう。

そんなことがあり得るから。

徹夜で話しあった。れーこさんと。二人のだした推論について。それ、まとめてみるね。

推理その一。きりん草には、意志と、テレパシーがある。

推理その二。きりん草は、地球人を自分達の故郷——ヒガからおいだしたがっている。

推理その三。きりん草は、和田氏を含め、その所有者達の精神をあやつっている。

★

ついで、その証明ね。

和田氏は、あたしと話している時、一度、人が変わった。あれを狂いはじめと考えないで、きりん草がのり移った、と考えれば。れーこさんは恋する者の直感で、最初からほぼあたった表現をしてたじゃない。和田氏には、きりん草病がとりついている。

すると、彼が重役達を説得するのに自分の家を使う理由も見えてくる。ある程度近くにいないと、きりん草は和田さんをあやつれないのだ。それに、説得された重役はおそらく、和田さんの家で、少しはきりん草の影響をこうむったのだろう。だから、和田さんに対する評価ががらりと変わって好意的になる。

では、その理由は何か。

人類は、きりん草からしてみると、侵略者なのだ。ある日突然、惑星ヒガにやってきて、突然地面を掘り返しだす。

ある日突然、他の星から、見たこともない形の生物がやってきて、地球を掘り返しだしたら。地球を掘る為に邪魔になる家を壊したり、人を殺したりしたら。これを地球人は侵略者と呼ぶだろう。

動けないきりん草は、異形の侵略者を撃退する為、逆に自分達が侵略者になるという方法をとった。人類の精神を侵略するインベーダー。

和田さんと重役達が対立したのは、主に惑星ヒガの開発について。和田さんは、ヒガの開発をやめ、かわりにゴコクのウラニウムに手を伸ばすよう、決定した。これがきりん草の望みでなくて何だろう。

他の連中――例えば、惑星開発長官の家にいるきりん草は、惑星ヒガを開発するのは好ましくない、という決定を下すだろう。旅行社にいるきりん草は、ヒガを通る航路はもうけが少ないと主張するだろう。

そしてきりん草は、平穏な生活をとりもどす。かわりに、和田氏達の生活をぶち壊して。

「ねえ、どうしよう」

こんな話をしていると、れーこさんはやたら興奮しだした。

「どうしたらいいの。明雄さんをとりもどさなきゃ。あんな草の思うようにさせない」

「ちょっと待って。落ち着いて。……今はどうしようもないでしょう。まったくの推論だし、証拠何もないし」

れーこさんをなだめる自分の言葉が、ひどく莫迦莫迦しいものに聞こえた。人間一人の精神をあやつろうってものがあるのに、証拠だの何だのって言っててていいのだろうか。

「そんなこと言ったって……そんなこと言わないでよ」

とり乱すれーこさんをなだめるのに、たった一つしか台詞がみつからなかった。どうしてもいいたくない台詞。

「先刻電話くれた太一郎さんって人ね、あの人、この手の仕事のプロなの」

俺が行くまでは何もするなよ。いっまいましい台詞。あたしはそれに、うんと言ってしまったのだ。

「彼が来るまで待ってみて。あの人なら、きっと何とかしてくれる」

あたしだって――まあ、太一郎さんより少し時間がかかったけど、れーこさんの助力もあったけれど、絵を完成することができたのだ。ばらばらのできごとをつなぎあわせて、真実という名の絵を。

「明後日になれば彼が帰ってくるから、ね。もちはもち屋、って言うじゃない。やっぱり、素人がごちゃごちゃやるより、彼みたいなプロに任せた方がいいと思うのよ」

あたしだって一応、プロになる予定なのに。絵を完成させたことにより、少しばかり精神が高揚していた。このまま、太一郎さんの帰りを待って、彼に何とかしてもらうなんて、そんな手順ふむの嫌。あたしが、何とかしたい。

なのに。れーこさんは、しぶしぶと、あたしの最後の台詞にうなずいたのだ。

「そうね……。あたし達が何かするより、プロの人に任せた方がきっといいわね……。待つわ、明後日まで」

この台詞聞いた時程、自分が仕事を任せてもらえないのを口惜しく思ったことはなかった──。

〈十二月三十一日〉

ふがいない自分――いや、それより、あたしを半人前とみなして、和田さんの件を任せてくれない太一郎さんに腹をたて、重たい気分のまま、一日すぎた。そして、次の日の朝早く。あたしは電話のベルでたたきおこされた。時計を見ると六時半。てことは、朝寝の太一郎さんじゃない。

「おはよう、あゆみちゃん。おこしちゃったらしいわね」

画面に映ったのは、麻子さん――事務所の先輩。よかったあ。男の人だったら、ちょっと待ってもらって、パジャマ着換えなきゃいけないもの。

「いえ、いいんです。もう起きなきゃいけない処だったから」

なんて、嘘ついたりして。

「そう。よかったわ……。お休み中なのに悪いけど、仕事なのよ。出てこられるかしら」

「仕事?」

前述のようないきさつがあったから、心のトーンが一オクターブ、はねあがる。しごとお⁉

「群竹貴之って人の家の——彼が子供のように愛していたきりん草って草が殺されたって事件なの。彼は奥様が殺したって信じてて、何だか半狂乱で……。この人、前から、妻がうちのきりん草を殺しそうだ、何とかしてくれって言ってたの。何でだか、この間太一郎さんから電話があって、群竹さんの件に新しい動きがあったらあなたが事情を知ってるからあなたに任せろって……。事情、知ってるの?」

「ええ……多分」

こう言いながら、あたしはもう着換えはじめていた。

「群竹さん、夜、きりん草が殺される夢を見て目がさめたんですって。何ていうのかその……きりん草の悲鳴が聞こえる程、リアルな夢だったそうよ。で、まさかと思いながらサンルームへはいってみると、バラバラ死体があったんですって」

「バラバラ死体?」

「ああ、これは、彼の言い方。正確に言うと、茎と花の処でちぎられたきりん草ね。で、彼の夢によれば、きりん草を殺したのは奥様なんですって。問いつめたんだけれど、奥様は知らぬ存ぜぬで」

俺が帰ってくるまで何もするなよ。そう太一郎さんは言った、でも、麻子さんの話を聞く限り、麻子さんは太一郎さんから聞いてあたしに電話をしてきたわけで——もし、ここであたしが麻子さんについて行っても、これは、太一郎さんとの約束破ったことにならないわよ、ね？

あたしは勝手に納得すると、でかけることにした。

★

「見てやって下さい。これがきりん草の死体です」

群竹氏は、すっかり目をなきはらしていた。

「現場には手をつけていません。ただ……あまり可哀想なので、死体に布をかけてやりました」

床に白い布が落ちている。拾いあげると、下にちぎれた草がちらかっていた。ヒガ種きりん草火星亜種の方だわ。背の低い草。

大きな、南向きの窓。スポンジのような、特別製の土に、たっぷり水をしみこませた植木鉢。

「最初、みずほは——あ、これは妻の名です——この子の首を、つまり、花の処をちぎったんです。それからふと、これでは——こんなに根の残っている状態では、この子は死なないってことに気づいたんでしょう、こんな元の方から……実に残酷な犯罪ですよ、違いますか」

と言われてもねえ。そんな視点に立てば、生花なんて、殺人プラス死体遺棄プラス死体冒瀆になってしまう。それに……どう言えばいいんだろう、群竹さんに。きりん草は、侵略者だということを。——えーい、証拠が何もない！

「それは……失礼ですが、あなたの夢でしょう。それとも群竹さんは、奥様がきりん草を殺害なさるところを見たんですか」

それでも、精一杯真面目に、麻子さんが聞く。

「まさか！　見ていたら、みずほを殺してでもとめましたよ！」

……物騒だなあ。

「だから私は、みずほに離婚の申し入れをしていたんです」

興奮している群竹氏は、次々にいろんなことを口走った。

「こうなることを予期していたから。みずほは、最初からきりん草をにくんでいたんです。信じられますか。どうしてこんな可愛い優しい草をにくむんでしょう」

「まあ、群竹さん、落ちついて。……奥様とお話しさせて頂けませんか」

☆

みずほ夫人は、聡明そうな人だった。この事件解決には殆ど時間がかからず——早い話、群竹氏が席を外したとたん、夫人は全面自供してしまったのだ。

「確かにあれを殺した——夫風に言えば、殺したのは私です。でも……」

少し言いよどんで。

「でも……助けて下さい。このままでは、私の方が、夫に殺されます」

彼女の方も、多少常軌を逸していた。

「草を一本ひっこぬくことは、そんなに大きな罪ですか。夫だって毎朝サラダを食べてます。なのに何故、私が草を一本抜いただけで殺されなければならないんです」

「まあ、落ち着いて。あなたは、群竹さんがあの草を溺愛してらっしゃるのを御存知だったんでしょう」

「知っていたも何も！」

夫人は、ヒステリックに泣きわめいた。

「この辺でそれを知らない人はありませんわ！　私、御近所の奥様にいつもなぐさめられていたんです。夫が変な物にとりつかれて可哀想にって……。信じがたいんです、夫の行為は！　七つになる娘がいるんです。先月、娘が、フランス窓のむこうで、お友達と、バレーボールをして遊んでいたんです。娘のパスがはずれて、窓にぶつかって、ガラスが割れて……ほんのちょっと、きりん草に傷がついたんです。その時の夫の怒りようったら！　あの人にとっては、娘よりきりん草の方がずっと大事なんです！　次の日、あの人が何をしたと思います！　ボールの類《たぐい》で割れないように、フランス窓を全部、防弾ガラスにしたんです！　いくらかかったと思います。うちの半年分の食費ですのよ」

　台詞の後半は涙声だった。

「昔は――あの草がくるまでは、いい夫で、いい父親でした。なのに……」

　麻子さん、泣きだした夫人を懸命になだめる。

「でも、御主人がそんな大切にしてらっしゃるものを、どうして殺したりしたんです」

「きりん草が家計を圧迫してるんです。たかが草一本に、この部屋全部をつかわせて……。特別製の土やら、水道代やらが月にどれだけかかると思います？　おまけに、会社では変なことをやりだして」

「変なこと？」

「夫はダフネ旅行社の火星代表なんです。で、このきりん草の原産地――ヒガ行きの航路が近々できる予定なんです。……ああ、これは企業秘密なんですけれど……いいですわ、もう！　WUCはヒガを開拓する筈ですし、当然あそこあたりに大きな都市ができます。だから、定期宇宙船の航路ができるのはあたり前ですわ。なのに夫は、ただ一人それに反対して――首をかけて反対しているんです！　きりん草がうちに来て以来！　このままでは半年先の重役会議で、夫の左遷がきまるでしょう。きりん草に家計を圧迫されて、子供はあれ以来父親を怖れて……きりん草を何とかしてくれ、と言ったら、彼は離婚まで言いだしたんですよ！　このままでは、我が家は、きりん草のせいでずたずたにされます。そんなこと、許せないでしょう！　あなたが妻だったら、こんなこと許せまして？」

夫人に反問され、麻子さんは返事にとまどっている。

「それなのに！　私がきりん草を殺したってことがはっきり判れば……夫は決して私を許してくれないでしょう。でも、でも、私に、他にどうする道があったんです」

他にどうすれば……教えて下さい……奥様は、いつまでも、泣き声で切れ切れになったこの台詞を、繰り返していた。あたしは奥様の肩をゆさぶり落ちつかせると——残酷だとは思ったけれど——こう聞いた。証拠がいるのだ、証拠。きりん草にとりつかれた群竹氏を正気にもどす為には。

「あなたは、どうやってきりん草を殺したんです？」

「え？」

「方法です。まず、どこをちぎりました？」

「そんなことどうだっていいでしょう！　私は……」

「落ちついて。泣かないで。これは、とっても重要なことなんです。いいですか、どうやって」

案の定、奥様は、群竹氏が描写したとおりの方法で、きりん草をちぎっていた。

「あゆみちゃん、そんなことを聞いてどうするの」

「あの……麻子さん。この件、全面的にあたしにまかせて頂けません？」

「それはいいけど……どうするの」

「まず、荷物をまとめます。奥さん、寝室はどちらです」

「は？　二階の右端……」

「奥様と娘さんは、荷物をまとめて、一週間位どこかへ逃げた方がいいでしょう。御主人の知らない行き先――ホテルかどこかへ」

「……？」

「このままここにいれば、奥様とお子さんは群竹氏に何されるか判りませんもの。麻子さん、よく、言ってたでしょう？　この仕事で大切なのは、法律でも常識でもなくて、本当に依頼人のことを考えてやっかいごとを解決する良心だって」

「すると、私達――私とみどりは、ずっと夫から逃げまわらなければいけないんですか」

奥様は悲鳴をあげた。

「あと二週間もすれば、娘は学校がはじまるんですよ。経済的にも」

「落ちついて、奥さん。かけてもいいです。群竹さんの異常興奮は、三日もたないでしょう。一週間もすれば、きりん草が来る以前の優しい旦那様にもどります」

こんなこと断言していいのか、判らなかった。でも、これを言わないと、奥さん、神経がもちそうにない。

「……ちょっと、あゆみちゃん、依頼人の方はどうするの」

麻子さんが、手まねであたしを呼びつけた。

「依頼人は、放っときましょうよ」

「あん？」

「一人できりん草のお葬式でもさせときましょう。どうにも手がつけられませんよ、今は」

「そんなこと言ったって……本当に彼、一週間でまともになるの」

「……多分」

そこつつかれると痛い。

「多分って……あなたそんないい加減な」

「あのね、麻子さん。これは、ここだけの事件じゃないんです。よく似たケースを、あたし、もう一つ知ってる。あたしが知ってるだけで、もう一つあるんです。知らないのは、もっとあるかも知れない」

「どういうこと……」

「その前に、群竹さん、呼びましょう。彼に確かめておきたいことが一つあるんです。……奥さんとお嬢さんが逃げる時間も欲しいし」

「……は」

麻子さんは妙なため息をついた。

「あなた、何だか判らないけれど、確信してることがあるのね」

「ええ……多分」

「太一郎さんは、あなたにこの件まかせて大丈夫って思ったから、あたくしに電話したんでしょうね。……でも何だか怖いわ。あゆみちゃん、怪我しないでね」

「……どういうことですか」

「こう言うと、あなたは不満に思うでしょうけど――覚えておいてね。あなたはまだ、半人前なんだから。そして、自分でそれを自覚してない――一番危ない時期なの、今が」

うー。麻子さん好きだし、尊敬もしてるけど、この台詞は不満じゃ。

「所長の好みでだか、そういう性格の人の方がこの仕事にむくんだか、うちの事務所の人って、大抵自信過剰でしょ。新人は、その雰囲気に気圧《けお》されちゃって、最初の仕事でわりと怪我するの」

「……気をつけます」

「そう……ね。あなたには太一郎さんもついていることだし」

太一郎さんいなくても大丈夫です。そう叫びたい気持ちを、何とかおさえる。

★

「一つだけ、聞かせて下さい」

群竹氏とむかいあうと、麻子さんに対する反発は嘘のように消え――かわりにあらわれたのは。どうしてだろう、かなりの異常な精神の高揚感。みんながあたしのこと半人前だと思うなら、それでいい。あたしが、自分で証明してやる。あたし、半人前じゃない。

「一つ聞きたい？　何を？　この子を殺したのはやはりみずほなんでしょう？」

群竹は、やつぎばやにいろいろな台詞を言う。

「奥さんではありませんでした」

眉一つ動かさずに、この台詞が言えた。そう。あたしはこの台詞が嘘でないことを知っていたから。正当防衛はあくまで正当防衛であって、殺害ではない。何つったって、きりん草は家庭をぶっ壊そうとしていたんだから。奥さんは正しい。

「みずほではない!?　では誰が！　いいですか、家の鍵はかかってたんですよ！　じゃあみどりだとでも……そうか、みどりが」

「お嬢さんでもありません」

「そんな莫迦な。偶然泥棒でもはいって、この子を殺していったとでも言うんですか」

「落ちついて、群竹さん。一つだけ聞かせて欲しいんです。あなたは、何故、ヒガ行きの定期宇宙船航路に反対したんです」

「定期宇宙船航路？　何の話です」

とぼけながらも、群竹氏のひたいには青筋がうかんでいた。

「奥様から聞きました。……判ってます、企業秘密なんでしょう。誰にも言いませんよ」

「だからあの女は……みずほはどこへ行ったんだ！」

「落ちつきなさい!!」

異常な高揚感故か、あたしはまるで年齢不相応にふるまうことができた。はるかに目上の群竹氏相手に、一歩もひかずに話ができる。

「それを聞くことが必要なんです――きりん草を殺した犯人を調べる為にも」

「きりん草とは何の関係が」

「御存知でしょう？　きりん草は、ヒガの植物です」

おそらく群竹氏の頭の中を、種々の思考がかけめぐっているのだろう。思いあたるふしがあるに違いない。

「WUCは、惑星ヒガを開発しません。それを知っていたのでしょう、あなたは。だからヒガの航路に反対した。メリットがないことを知っていたからです。違いますか」

「そんな……そんな処に、この件の根があるというのか……」

「思いあたることがあるでしょう」

「……確かに、私はWUCがヒガの開発に力を入れない、ということを聞いてましたよ。ゴコクの方に基地を作るという話も」

「教えてくれたのはきりん草でしょう」

「ええ……そうです……」

群竹氏は、徐々に、放心していった。

「そうです。この子は、単なる草じゃなかった！　あいつは、どういうわけか、WUCの内部事情やら、宇宙開発局の動きやらを、すべて事前に察知できるんです。どういうわけか、あいつの隣の部屋で寝ると、いつもそういう夢を見るんだ。そして、それはことごとく正夢なんです」

群竹氏の体が、ぶるぶると震えてゆくのがみてとれた。

「確かに、あいつが便利な草だってことはよく判ってます――でも。でも、私があいつを大切にしたのは、決してあいつが便利だからじゃない！　あいつのそばにいると、不思議に和やかな気分になれるんです。とても優しい――金色の、ねっとりとしたはちみつの中をただよっているような気分に。とても大切な草だったんだ」

麻子さんが、わけが判らないと言いたそうな目つきで、ずっとあたしを眺めている。あたしは続けた。

「あなたは不思議だとは思わなかったんですか？　きりん草が、あなたに正夢をみせるということを」

この台詞を聞いた時の群竹氏の表情は、まさに見物だった。狂気が去って正気がもどってくる一瞬。

「そういえば……確かに……。植物の隣で眠ると正夢——それも予知夢が見られるなんて異常な話……ですな」

「なのにあなたは、一度もそれを異常だとは思わなかった」

「ああ……はい。どうしてだろう。こいつを見ていると、まったくそれが自然なんだって気分になってきて……」

「気がつきましたか？　おそらくもうお判りでしょう。あなたは、きりん草にあやつられていたんです」

「あや……つられる？」

「きりん草の仲間——火星きりん草が、他にどんな家庭にいるか知っていますか？　ＷＵＣの社長の家とか、運輸省の長官の家とか惑星開発局の長官の家とか。生きたネットワークなんです」

「……」

「あなたに夢を見させることができる——つまり、火星きりん草には、微弱なテレパシーがあるんでしょう。それを利用して、連中はネットワークを作った。惑星開発関係——ヒガの開発に関係している人物の間に。そして、夢によって、その内容を飼い主に伝える。テレパシーによって、飼い主に不審の念を抱かせない。お判りですか？　きりん草は、あなたに予知夢を見せたんじゃない。ネットワークによって知り得た事実を、あなたに夢を使って教えていたんです」

群竹氏は、はじめて眠りからさめたように頭をふり、小声で「みずほは……」と言った。

「では何故、火星きりん草達がそんなことをしたと思います。勿論《もちろん》、飼い主たるあなたに協力するのが本意ではない。あなたは利用されたんです。連中の意図は、自分の故郷を守ること……」

★

しゃべりながらあたしは、目の前にさまざまな幻がうかぶのを感じていた。

どんな星なのだろう。惑星ヒガ。

毎日がスコールの星。降り続く雨。いつまでも、いつまでも降りしく雨。霧のカーテン。きりん草はうごめくのだろうか、そういう環境で。さながらきりんの首のような、長い茎を振り。

いつまでも降る雨。二メートルもある、長い茎を伸ばす。会話をする。首——茎を振る。笑いさざめく。

雨がそんなに降るのだから、きっと雲は厚い。スポンジのように、砂のように、かいめんのようにその水分をすいとる土。群生する草々。地下に眠るウラニウム。

そして。ある日、その平凡な日常がくつがえるのだ。スポンジのような、砂のような、かいめんのような土の下に眠るウラニウム。それを掘りに来た侵略者——人類の手によって。ウラニウムを掘る人類。当然、ひき抜かれ殺されるきりん草。船が着く為には港を作らなければならない。ウラニウムを掘る為には基地を作らねばならない。その為、また殺されるきりん草。

連中は、どんなことを考えたろうか。ある日突然、空から異形のものが降りてくる。異形のものは自分達の大地を荒らし、自分達を殺し、そしてまた、もっと多くの異形の者を連れてくる。

あいにく彼らは植物だった。侵略者を打つ手はなく、ける足はない。抗議する発声器官もない。私達は、どうしたらいい？　どうしたらこの侵略をまぬがれることができる。けぶる雨の中で、きりん草達は相談する。その長い首をよせ、その長い首を振り。どうしたらいい？　どうする術《すべ》がある。

そして、出される結論。火星へ——地球人達の故郷へ行くのだ。私達にはその手段がない。それならば、どうやって。侵略者達の船。あれにのりこんで。大丈夫。それならできる。感情を同調させればよい。ごくわずかの心理操作。ある特定の——利用価値のある人達に、自分をひどく気にいらせるような。侵略者達の星を侵略すべく、侵略者の精神を侵略してゆくきりん草。

　やがて船は出てゆく。選りすぐられたきりん草をのせ。人類の精神を侵略すべく。

　後に残るきりん草達。もし、彼らに視神経があったなら、いつまでもずっとみつめていたことだろう。離れてゆく船のうしろ姿。小さくなってゆく船影。たった一つの希望——。

★

「みずほ！　みずほは」

　群竹氏は、逆の意味で興奮していた。

「あいつはどこへ行ったんです。私はあいつをたたいてしまった。あいつは悪くないのに……。そうだ、きりん草は侵略者だったんですね！　私達の精神をのっとって、侵略する気だったんだ！　みずほは私を助けてくれたというのに」

　あたしの腕をつかんでふりまわす。

「ねえ、みずほはどこに？　あいつにあやまらなければ。私は——私は、また前のようにいい父親、いい夫にもどると言いたい。さもないと、あいつは出ていってしまう！　離婚だなんて……とんでもない、気のまよいだったんです。私はあれがいなければ……」

　とたんにまた声の調子が一オクターブ狂う。

「みどりは！　大変だ！　私は狂っていたんだ！　あんな草の為に、娘に手をあげるなんて」

うろうろ部屋の中を歩きまわる群竹氏を見ていると。あたしはたまらない衝動にかられた。

何だかよく判らない。何だろう、この感じ。

違うのだ。何が――よく判らない。群竹さんは正気に戻った。それはいい。でも、何だろう――変。変――違う。哀しい。何故。麻子さんのあたしを見る目。先刻までの心配の色は消え、ほめたたえる目の色。そう、あたしは首尾よく初仕事をおえた――のに。何で精神が高揚しない？　いや、してるけど。してるけど、どこか、哀しい――。

「みどり！　みどり！　みずほ！」

あたしがさながら石像に化してしまい、返事をしなくなったのを見てとると、群竹氏はうろうろ屋敷中をまわりだした。遠くで、みずほ！　みどり！　という叫びが聞こえる。

やがて、家中を一周した群竹氏、帰ってくる。すっかりおろおろしているのが判る。

「ねえ、みずほもみどりも、二人共、いないんです。どこへ行ったんでしょう」

すっかり涙声。

「落ちついて下さい、群竹さん。奥様とお嬢さんは、一週間したらもどってきます」

「あなた、二人の居処を知っているんですね！　みずほはどこへ行ったんです。実家ですか」

「いいですか、群竹さん」

あたしは一語一語区切って言う。

「先刻までのあなたは、まるでまともじゃなかった。それは認めますね？　ですから、奥様とお嬢さんは、一週間ばかり旅行をすることにしたんです。大丈夫、奥様にはあなたと離婚する気なんてありませんよ。一週間たったらもどってきます」

「私は今すぐあの二人に謝りたいんです！　居処を知っているなら教えて下さい」

「あなたは先刻までおかしかった。それは認めますね？」

「だから謝りたいんです」

「だから一週間、冷却期間をおくんです。一週間たったら、奥様はもどってきます。そこで二人で話しあって下さい」

「いっ……しゅうかん……」

群竹氏は、実に哀しそうな声を出す。

「判りました。一週間、待ちます。私は……本当に何てことをしてしまったんだろう……」

あとはひたすら群竹氏の反省と後悔の声。

★

何つうか、気が抜けていた。これで一応ハッピーエンドとは——とても思えませんわな。いつかのれーこさんの推理どおりだった。少なくとも、今日の群竹さんの件で、それははっきりした。

そう。あれだけ欲しかった証拠。きりん草にテレパシー能力があり、生きたネットワークを作ってる証拠。群竹氏が、奥様によりきりん草が殺害される処を、実際どおりに夢にみたってこと、また、WUCや惑星開発局の実情を夢で知り得、それを不審に思わなかったこと。これは充分、証拠になり得ると思う。

それにしても。人間って、割と簡単に幻からさめるもんなんだなあ……。

「先刻は妙なこと言ってごめんなさいね」

メトロに乗ったら、麻子さんがこう言った。

「あたくしはね、うちの事務所にはいってからしばらく、事務と経理を専門でやっていたのよ。でも、それだけだとちょっと不満で、無理言ってうけもった最初のケースで大失敗して、大怪我しちゃったことがあったの。だから少し心配性になってたのかも知れないわ」

「え、いえ、ううん、全然」

まるでとりとめのない返事して。今、頭の中がごちゃごちゃしてて――そう。頭、死んでる。理性というものがすっかりどこかいっちゃって、感情だけがややこしく騒ぐの。例えばこんな具合。

まず。精神の高揚感。あたしとれーこさんの推理はあたっていた。嬉しいのとちょっと違う、とにかく興奮。

ついで。純粋な嬉しさ。麻子さんあたしを認めてくれた。やった！

それから。怖さ。気づかれぬうちに人間の精神を侵略しているきりん草。気づかれぬうちにしのびよる、可愛い侵略者。

あと。違和感。あっけなさ。群竹さんは正気に戻った。だけど——狂っていた人一人、こんなに簡単に正気に戻っていいのだろうか。どこか、変な気がする。

それに。自信。ほおら、ごらん。みんな、半人前、半人前ってあたしのこと莫迦にしてたけど、あたし、こんなにうまいこと初仕事おえたのよ。

そして。——そして。哀しさ。そう、確かにきりん草は侵略者。だけど、先にけんかを売ったのはだあれ？　先に彼らの星に手をつけたのはだあれ。——えーい、判っとるわい！　こういうのはみんな、いわゆる乙女の感傷とかいう、何の役にもたたない感情だってことは！　奥様も言ってたわよね、主人だってサラダを食べます。そう、あたし、食べちゃうのサラダ！　レタスもトマトもキュウリも大好きだもん。もっと食べちゃうのよ。にわとりさんに牛さんに豚さん。一大生物殺戮者・森村あゆみ、なんて言われても仕方ないもんね。食べないってえと、あたし、死ぬもん。

——こういう感情の波にもみくちゃにされ、麻子さんと別れて家に着いた後も、あたしの精神ぐちゃぐちゃだった。おそろしい程濃いコーヒーいれ、ブラックで飲みほし、バタカップにさんま焼いてやっても、まだ気が晴れない。

「ねえ、バタカップ……。おまえはおさかなさん食べるのに、罪悪感、おぼえ……ないでしょうねえ」

思わず呟いた自分の台詞の莫迦さ加減に呆れたりして。しかしまったく、仔猫は偉大じゃ。あたしがちょっといたずら心だして、バタカップの首を軽くひねれば、この子は悲鳴もろくにあげられず死ぬだろうに。なのに、しっかりあたしになついてて。ごろごろごろ。はふ。ため息。判ってしまった。先刻の交錯した感情の合計。憂鬱《ゆううつ》、だ。理由も判らず気が重い。何だかとっても弱いものを——仔猫の首をしめてしまった気分。群竹さん家の空気、腐ってんのかしら。あの家で呼吸をしたら、心の中にすべりこんで来てしまった憂鬱。

ま、いいか。こんな阿呆なこと考えてても仕方ない。日常生活に戻ってやろうじゃない。食器洗って、郵便箱の中身あらため、ダイレクト・メールの束に目を通す。成人式の晴れ着のコマーシャルばっか。あたしが二十歳《はたち》ってどこで調べてくるんだろう。片っ端からくずかごへ放りこみ——あれ？　一通だけ、私信があるわ。切手貼ってないってことは、直接ポストにつっこんだのか。封を切る。

ごめんなさい。悪いとは思ったんだけれど、麻子さんという方からの電話、見せてもらいました。群竹さんという方の奥様の話を聞いて、決心しました。きりん草を、始末してきます。

沢　礼子

あ……。息をのむ。そうだ、電話の回線！　まだ切ってなかった！

きりん草を始末しに。これは明確に、太一郎さんとの約束違反だ。変な話だけれど、まず、何て言い訳しようか考えていた。

だってね。群竹さんの件で判ったじゃない。きりん草を始末すること自体は、さほど大変じゃないのよね。れーこさんの心配はないと思ったけど、太一郎さん。……はっきり、憂鬱。

と。電話のベルが鳴った。どきっ。

きっと太一郎さんよ。まず、太一郎さんよ。あの人、人が電話して欲しくないタイミングつかむの、すごくうまそうなんだもの。切れないかな……。

でも、コール、十一回。しつこい、この人。

あたしは仕方なしに、電話をとった。

★

☆〈十二月三十一日〉

太一郎さんは、あたしの台詞を全部聞きおえると、まずうめく。

「……心配だ。れーこさん」

「どうして？　あれ、簡単に正気に戻ったよ。群竹さん」

「本当に単純な子なんだからあんたは。いくつかケースが考えられるだろう。まず、和田って人にきりん草がとりついていなかったらどうするんだよ」

「え？」

「僕は、きりん草に対して、僕の一生をもってしてもつぐないきれない罪を犯したって台詞、言ったんだろ。きりん草に精神あやつられている男が、こういう台詞を言うだろうか」

あたしが余程不得要領な顔をしていたんだろう、太一郎さん、苦笑いして。

「おまえさんに判るケースで言うとね――和田さん家のは、亜種の方でない、天然のきりん草なんだろう？　雰囲気で判断する限り、テレパシー強そうじゃないか。ミイラ取りの筈のれーこさんがミイラになったらどうする？」

「……あ！」

「あと、きりん草が死ぬ前――まだきりん草にとりつかれたままの和田って男が、反対にれーこさん襲ったら？　男の力の方が強いぜ」

「あたし……あたし、すぐ和田さん家《ち》行く！」

「俺も行こう。住所は？　……今、マルス・ポートに着いた処なんだ。……リトルトウキョウ？　一時間半かかるな」

「あたしの方は三、四十分かかる」

「じゃ、あんたが先に着くか……。万一の為、一つだけ覚えとけ。魔法の呪文」

「え？」

耳を疑った。魔法の呪文だあ？　この人、正気？　でも、画面の中の太一郎さんは珍しく真面目な顔。

「覚えとけよ。こういうの。『私は人間です』ＯＫ？」

「……まあ……判った」

私は人間です？　そりゃそうでしょう。

もうちょっと説明を乞おうと思ったら、いつの間にか電話は切れていた。

★

ドアはかたく閉じていた。たたいても叫んでも、誰も返事しない。不気味な程の静けさ。相かわらず、しゃわしゃわという水音は聞こえる。でも。水音があるから、なおさら心にしみ渡る静けさ。

こうなったら、ドアの鍵、あけてやろうじゃない。何の為のやっかいごとよろず引き受け業のプロよ。何の為の七つ道具よ。

ショルダーバッグから太さの違う針金三点セットをとりだし、ドアにむかう。と。

Lemon Yellow

目をこする。今の、何？
　一面の麦畑　穂先の黄色
幻が見えた。圧倒的な黄。
　地球にいたころ通っていた短大　れんが造りの校舎の角をまがる　と　おおいちょう
　陽にすける黄色の洪水
視神経がいかれてしまったみたい。ドアがどこまでも大きくなる。大きい、画面。あらわれる映像。
　幼稚園の友達の絵　大輪のひまわり
　あざやかな黄と茶のコントラスト
ノブは？　鍵穴は？　必死の思いで探す。もういい、どうせ人ん家の鍵だ。壊してしまおう。
　宇宙船が燃える　下からでる火　燃える　飛びたってゆく　炎　中心が青　そしてオレ
　ンジがかった黄
ドアを開ける。
中は——黄色の——海。
およそ物心ついた時から、ずっと心の中にためこんでいた黄色のイメージが、やつぎばやに展開する。

春のおわり　おだやかな海　砂浜にあたし　隣に和彦さん——元婚約者殿　彼が流木を拾い　あたしはそれに腰かけていた　少し前まで雨　和彦さんは傘を持っていて　砂に字を書く　K.Akimoto　それからA.Morimura　それからAkimoto Ayumi　波が来て文字を消す　秋本あゆみ　あたしは　そういう名前になる筈だった　秋本あゆみ　またそう書く和彦さん　また波がそれを消す　その傘の柄　くすんだ黄

公園のベンチに腰かけていた　奥まった処　近づく和彦さんの顔　ファースト・キス　ふいにうしろの藪から子供達がとびだしてくる　戦争ごっこ　慌てて和彦さんそっぽを向く　男の子のスヌーピーのセーター　あざやかな黄色

晩夏　夕暮れ　プールで泳いできたあたしと和彦さん　すね毛が気味悪いって　あたしは彼をひやかした　けだるく重い体　背から夕陽　ねっとりと重たく体にまとわりつく黄色の空気

和彦さんのどこが不満なの　母の顔　家の応接間　コーヒーカップを持つ母の手は　たまらなく哀しそうだった　シュガーポットのふたの黄

シノークの砂漠　黙々と歩く太一郎さんとあたし　心配しないでね　お母さん　何度もこの台詞を繰り返してた　心の中で遠くにシノーク13の灯　闇の中のあたたかい黄色

どれ位、呆《ほう》けていたのだろう。あたしの目と心は、次々あらわれては消える黄色を、じっとみつめていて——で、ふと現実に戻ると。

ふと現実に戻ると。

かげろう。部屋の空気がゆれていた。視界がまともではない。ゆれる人影――目の焦点をあわせて――倒れている？　れーこさん！

れーこさんは、床に倒れていた。肩のあたりが赤い。血。出血――。

和田氏は、隅の椅子にぐったりと腰をおろしていた。手が赤い。そして、血にそまったナイフ。

間にあわなかった。不思議な程、のろのろと思う。間に、あわなかった、れーこさん。でも、それは不思議な程、散漫な印象。それよりもあたしは――あたしは、哀しかったのだ。理由もなく。

奥の部屋では。水がひたすら上から落ちてくる。水しぶきの中で、ゆれているのはきりん草。まるで、きりんが首をふり、いやいやをしているように。根元の方に、深いナイフの傷。

その傷口から。その草全体から。ほとばしるのは、黄色の想い。

ドアの外では、はいってすぐでは、さまざまな形をとっていた黄色の想いは、これだったんだ。近づいてみると、はっきり判る。

雨が降る　いつはてるともなく降る雨　厚い雨雲　その中できりん草達はゆれていた

長い首　あざやかな黄色　きりん草は　遠い地平をすべて満たしていた　どこまでもひろがる黄色の夢

何かの跡がある　古い敷石　いつまでも降り続く雨で　すっかりさびてしまった　金属
その金属の　その敷石のすきまから　首を出している小さなきりん草
そうだ　ここは宙港の跡　ＷＵＣがウラニウムを掘る為に作った――
すっかりさびれてしまった宙港　もう船が来ることはない
やがて金属はぼろぼろになり　敷石は崩れ塵と化すだろう　時間という名の優しい魔法
使いが　つえをほんの一ふりするだけで
そして　いつしか宙港跡にはきりん草が育つだろう　二メートルを超す丈は崩れた敷石
をすっかりおおいかくすだろう
何事もなかったかのように　きりん草は再びゆれる　何事もなかったかのように　きり
ん草達は　みつづけるだろう
その　黄色い夢を　おだやかな午睡《ごすい》を
その　金色の夢を――

★

「ささやかなものでしょう」

世の中に、こんなにさみしい声があるのだろうか。そんな感じの声がした。和田明雄氏。

「それが——さびれてしまった宙港、もう誰も来ない宙港っていうのが、きりん草達が種族をかけて、命をかけてみた夢なんです」

「和田さん。あの……」

何てさみしそうな声。何て深い処からひびいてくる声。

「実に、何とも、ささやかなものでしょう」

和田さんの心が泣いているのが判った。ふるえる声。

「あんなのを見て平静でいられますか、あなた……森村さんっていいましたっけ、礼子のお友達の方」

右手で前髪をかきあげる。涙をかくす為かも知れない。血に染まった右手。

「あの、礼子から聞いて来たんでしょう。僕がきりん草にとりつかれた、助けにいってやらなきゃいけない、とか思って。……群竹さんの処のきりん草も殺されたそうですね。うちに坐っていれば、全部、判るんです。本家のきりん草がいますから」

脈絡のない台詞。

「礼子がわめいていました。群竹さんの奥さんがきりん草を殺したって話を聞いて、目がさめたって。きりん草をなんとかしなければいけないと思ったって……ナイフ抱えてきたんですよ、あいつは」

血染めの右手から、血の飛沫がとび散り、床に汚点を作った。その手をふりまわす。見えてしまう。右手の手のひら、小指の下。深い紅。黒にみまごう程の赤。礼子さんの返り血のせいで、彼の右手は赤いんじゃない。おそらくれーこさん以上に深い怪我を、彼の右手はおっている。

「あっと思う間でした。ドアの鍵——礼子はこの部屋の鍵を持っているんですよね、とにかく鍵があく音がして、あっという間に礼子が駆けてきた。まったくとめる暇もなく、まっしぐらに僕のきりん草にむかって。次の瞬間、部屋が黄色一面に染まって、きりん草が死にかけているのが判りました。僕は慌ててナイフをとろうとして——どうも礼子を刺したみたいです。傷害罪でつかまるかな……。僕、礼子を刺しちゃったんです」

泣き笑い。ぞっとする。彼。本当に、ほんとうに、狂ってしまったのだろうか。

「自分の手で、手元が狂ったとはいえ、自分の意志で、恋人を刺しちゃったんですよ、僕。本当に……何て人間でしょうね」

思わずあとじさる。情無いことに——怖かったのだ。和田氏が。

「どうしようもないっていうのは、こういう状態なんでしょうね。……逃げないで」

右手をつかまれた。カーディガンの白が紅になる。

「逃げないで。聞いて下さい。森本……森村でしたっけ、とにかくあなた」

和田氏は、ぐるりとあたりを見まわした。とたんにあたりの様子が一変する。乱雑な部屋、床に倒れていた礼子さんの姿が視界から消えた。かわりに。あらわれるのは、きりん草。群をなし、首をふり、群をなし、首をふる。視界全体の黄色。

「聞いて下さい。どうしようもなかったんです！　刺されながら、礼子は言ったんだ。正気に戻ってくれって。僕はきりん草にあやつられているって。でも、判ってたんですよ！　判っていたんです、そんなこと！」

判ってたんです、そんなこと。重い頭で考える。

「僕は、みずから進んできりん草に体を貸したんだ。連中にのっとられた訳じゃないんですよ！」

あ、重い。重い頭でも、これだけは判る。和田さん、今、なにかすごいこと言った。あたしは何をしたんだろう。あたしが推理したようなこと、判っていたと彼は言う。判っていて、なお……。

でも、そんなこともう、考えていられない。

黄色の視界が、ゆれる。ゆれてあたしから理性をうばう。きりん草が言っているのが判る。お願い。私達の土地に手をふれないで。私達の土地を掘りおこさないで。私達はこのままで、あなたがたが来ない状態でしあわせなのに。壊さないで、平和。乱さないで、私達の生活。

「見たでしょう、あなたも。きりん草達の夢を。ほんとにささやかなものなんです。自分達の生活を乱さないで欲しい。それだけ。人類をどうこうしようなんて意図はまるでないんだ、連中には。あるのはただ、自分達の生活を崩さないで欲しい、ヒガに来るのはやめて欲しい――

これだけ。たったこれだけの望みを抱くなんて、惨めじゃありませんか？　惨めですよ」

段々視界の黄色が淡くなる。淡くなるにつれて、あたしは、自分がどんどん優しくなってゆくのを感じていた。

「最初、僕はこのきりん草に会い――僕は、連中の精神に感応しやすい人間なんだそうです――まず、きりん草の望みが判ってしまった。これが判ってしまった以上、どうしてヒガからウラニウムを掘れます」

そうよね。そうだわ。しみじみ、素直にそう思えた。何で――ウラニウムが何だっていうのよ。

人類の勝手な都合で、何で他の星を荒さなくちゃいけない。

「惑星ヒガの開発をやめなければいけない。何度も父に言いましたよ。でも、とりあってくれなかった。植物が可哀想って、おまえ、じゃあＷＵＣにつとめている人の家族の生活は、ウラニウムを必要としている社会は、ＷＵＣの企業利益はどうなるんだって言われて。そんな下らない感傷を何故持つって。でも、これは決して下らない感傷なんかじゃないんだ。誰も判ってくれなかったけれど……。そうこうするうちに、父は死にました。僕が会社の筆頭株主になってしまったんです。その時、きりん草が言ったんだ。体を貸してくれないか、と」

あたしは、自分が分裂したかのような錯覚にひたっていた。和田氏の言うことを聞き理解しているあたしと、もう一人、全然別のことを考えているあたしと。

和田氏の言うことを聞いているあたしは、実感していた。自分の無力さ。和田氏の精神はきりん草に侵略されている。それだけを頼りにのりこんできた。和田氏が、『そんなことは判っていた』なんて言うケース、想定もせず。助けて、太一郎さん。あたし、無力。どうしたらいいの。

全然別のことを考えているあたしは、なおも考え続ける。こうなって——優しくなって、はじめて判る、自分の罪。

「僕は、みずからすすんで、きりん草の申し出をうけいれました。みずからすすんで、です。僕はこいつに体をのっとられたんじゃない。僕がこいつに体を貸したんです。僕＝きりん草は、すごいことをしましたよ。重役達を説得し、ヒガの開発をやめさせ、関係各方面の家庭にきりん草を送りこみ——もっとも、送りこめたのは全部火星亜種で、だいぶ力が弱かったんだけれど——かろうじて、関係各方面のデータを集め暗示を与える網を張り……」

あたしは家出してきてしまったんだ。家出。何て重たい単語。和田氏の話を聞いているのと違う方、もう一人のあたしは、家出という言葉の重みをかみしめていた。両親は、泣いているだろう。お母さん。ごめんなさい。

「確かにその為、定期宇宙船会社の重役とか、惑星開発方面の人なんかは、家庭生活に支障をきたしてきました。でも、だからってどうしてきりん草を責められます？　きりん草は、種族としての生活に支障をきたしてるんですよ！　人間のせいで！」

和彦さん。彼の女性観も狂ってしまったろうな。優しい、いい人だったのに。婚約までした、それなりにまともな妻になる筈だった女が家出してしまって。

「……礼子との関係も、考え直さなきゃならなくなったんです。僕は――僕は、この先、生涯きりん草につくしてやらなきゃいけない身の上なんです。別の会社がヒガの資源に目をつけるかも知れない。あの、スコールなみの雨を、観光の為の呼び物にしようと画策している企業があることも知っている。僕は――人類の罪を肩に背おってしまった人間なんです。僕は、もう、礼子をしあわせにしてやる資格がない」

人間関係っていうのは、糸のからみあいなんだ。身を切られる程、つらかった。あたしという、からみあった糸の一部分が勝手な行動をとった為、どれ程の人を哀しませたろう。

「礼子にこんな事情を説明できるわけがなかった。彼女は――彼女は、哀しいことに、僕を愛してくれているんです。その人に、僕がこれから、一生罪を背おって生きてゆくなんて告げるわけにいかなかった。礼子は――僕を愛しているから――逆うらみするでしょう、きりん草を。そして実際、逆うらみしてしまったんだ、きりん草を。彼女は殺したんです。こんな優しい草を」

あたしが勝手な行動をとらなかったにしても。やっぱり、人を傷つけたろうな。不思議だった。何故、こんなに哀しい生き物なのだろう。人間って。

「きりん草は、本当に優しい草なんです。群竹さんの家のきりん草が殺されたって話はしましたね。あの後、群竹さんは、急におかしくなった筈です。きりん草を急に恨み、家庭に謝罪をはじめるように。……きりん草は、ちゃんと考えてくれているんです。自分達が目的を達すれば――ヒガに船さえ来なくなれば、あとは人間の生活に干渉しないように。自分達が死んだあと、きりん草を守る為に心理操作されて、家族からつまはじきされた人間が、再び家族の中にとけこんでゆけるよう。自分達が死んだら、きりん草一人が悪役になるよう、ちゃんと深層心理に組みこんでおいてあげてるんです。人間は、侵略者ですよ、彼らにとって。その侵略者の為に、こんなに考えてくれる。これ程優しい草が他にありますか」

あたしが誰も傷つけまいとして生きたって、結局誰かを傷つけてる。例えばあたしが和彦さんのお嫁さんになっていたら。彼に想いを寄せている他の女性が泣いたかもしれない。あるいは――思いあがりって判ってるけど、あたしに思いを寄せていた誰かが泣いたかも知れない。哀しいことに人間社会っていうのは誰かの犠牲の上に成りたっているのよ。誰の台詞だっけ、これ。どこかで聞いたことがある。

例えばこの和田明雄さん。誰が悪いんでもない、誰のせいでもない鎖の中でもがいて、もがいて、首をしめられてしまっている。

「変な言い方だけど……僕は思うんです。僕は――自分で言うのも何だけど、悪い人間ではないつもりです。普通の人間がするように普通のことをしてきただけ。きりん草は、悪い草ではないんです。人類に自分の星を侵略されて、それをとめようとしてきただけ。父だって、悪い人間じゃないんです。ごくあたり前の経営者がするように、企業利益を追求しただけ。父にとって、きりん草は普通の草です。農夫が畑を作る為に荒地の植物をとるように、父はウラニウムを掘る為にきりん草をとっただけです。礼子だって、いい子なんです。僕を愛して——本当に愛してくれて、僕をきりん草から守ろうとしただけ。なのに、このもつれようったら何です。ヒガには船が降り、いくつかの家庭が壊れ、僕は礼子を刺し、礼子はきりん草を殺した。あなた——礼子のお友達、あなた、この鎖をどうやって切ります？　どうやったら切れます！」

どうやったら切れます。

ＴＶのドラマって、何て素敵なんだろう。ちゃんといい方と悪い方に明確に分かれていてくれて。どうやったら切れます、この鎖！　切るべき悪人が一人もみつからない鎖。

あたしだったら。あたしだったら！

「僕は普通にやってきただけなんです。何だって人間ってのは、こんなことをするんです」

昔、ドリトル先生シリーズって本を読んだ時、しばらく悩んだものだった。動物と話すことができるドリトル先生。彼は、彼の家の動物達は、一体何を食べて生きてゆくんだろう。自分と話すことができる者を、どうして食べられる？

あたしは、あたしとして生きてゆきたかっただけだった。他の人のあやつり人形じゃなくて、あたしとして。定められた平凡な人生を歩むんじゃなくて、自分の手で道を選びたかった。

砂の上に、波に消されても、何度も秋本あゆみって書いていた和彦さん。波に消されても、何度も何度も。その人を、おいて出てきてしまったあたし。あたしが、あたしとして生きてゆく為に断ち切った鎖。鎖を断ち切る方だったあたしは、断ち切られた鎖のことなんて、これっぽっちも考えなかった。

「何だって人間ってのは、こんなことをしなきゃ生きてゆけないんです。どうしようもなかった……。どうしようもなかったんです！」

どうしようもなかったんです。

ドリトル先生だって、何か食べたでしょうね。

どうしようもなかったんです。

そうでしょう、和田さんも、礼子さんも、群竹さんも、奥さんも、そしてきりん草も、他にどうしようもなかったのよね。

どうしようもなかったんです。

あたしだって、他にどうしようもなかったのよ。あのまま和彦さんと結婚していたら、あたし、あたしでなくなっていた。

「どならなくても充分聞こえる近さだがね。それに俺は、どうしようもなかったなんて、思ってない」

ドアの処に、太一郎さんが立っていた。礼子さんは、いつの間にか、肩に包帯をまかれ、椅子に坐ってる。

「第三者がはいってきたのに気づかない程、会話に熱中していたわけか。それにしてもあんた、その設定には問題があるよ。そう仮定したら、あんたの鎖は永遠に切れない。仮定が間違ってる」

のん気ね。煙草なんかふかして。

……現状に対する認識力がひどく不足している。のろのろ、そう思った。あたしも和田さんも。まず第一に、太一郎さんがはいってきて、礼子さんの手あてするのに、全然気づかなかった。ついで、今。急に太一郎さんに声かけられたのに、まるで驚いていない。

そう。あたし達は――この際、和田さんのことは判らないからおいとくとしても――少なくともあたしは、普通の空間にいなかったのだ。うすいヴェール一枚へだてた亜空間にいるの。きりん草の黄色い夢の中。

何故って、まず。あんなに待っていた太一郎さんがいるのに、まるで嬉しくない。おまけに彼が、この鎖を切ってくれるだろうという期待を、全然持っていない。

それはおそらく。あたしがみつけてしまったからだろう。この鎖を断ち切る方法。

あたしなら。

――どうしようもなかった!

あたしならこうする

――どうしようもない状況

どうしようもない状況。そんなもの。

見ない！

そんなもの知らない！

人間がそんなに哀しい生き物なら、人間やめる。

あたし、人間やめることにする！

あたしは、発作的に、きりん草の為のシャワーのホースを手にとると、自分の首にまきつけ引いた。そのままホースにぶらさがる。

太一郎さんは、とめてくれなかった。

★

人間が窒息死するのに、どれ位時間がかかるのだろう。五分？　でも溺れ死ぬのと首しめて死ぬのでは違うかしら。

でも。こうしてみると、それは結構長い時間に違いない。

まず、息が苦しい。圧倒的に苦しい。

苦しい息の下で、あたしは見ていた。太一郎さんが和田さんをなぐっている。何か言ってるのかしら。口が動いているのは判るんだけど、声が全然聞こえない。音声をとめて、ＴＶの画面だけを見ているみたい。

何でとめてくれないのかな。筋違いとは思いながらも、実の処、少し恨んでもいた。目の前で知りあいの女の子が首つってるっていうのに、まるっきり無関心の太一郎さん。

……なんてね。本当は、こんなことを考えていたのはつかの間だった。

どんどん景色がおかしくなる。シュール。

頭にこんなに太い血管があったのだろうか、いや、頭が全部、一本の血管みたい。どん、どん、どん、どん。凄いいきおいで、すごいボリュームで、酸素が欲しいってどなっている。

視界にもやがかかる。苦しい。でも苦しいのはほんの数分の筈。

やがて白いもやは、絶えまない小爆発をおこし、赤くなる。

網膜一面の血の色。乱れとぶ赤血球。

そして。大爆発をおこし、赤がさけた。

何でだろう。もう、苦しくない。もう痛くない。静かな、うっとりした気分。

うっとりと――優しい――気分。何も苦しいことはなかった。軽い。体も。心も、
断ち切れない鎖があるなら。そんなものは二度と見ない。二度と悩まなくてもいい処へ行く。

思考が浮きあがった。眠りに落ちこむ寸前のよう。意識の流れが絶えそうに、でもまだ続く。

このまま力を抜けば。ついっとあたしは、他の世界へはいってしまうだろう。もう誰も苦しめなくてすむ処。もう誰も犠牲にしなくてもすむ処。

と。あたしは気づいた。もう、手が動かない。もう、指先に力がはいらない。暗くなる。

黒くなってゆく、ではない。あくまで暗くなってゆく。視界を構成していた色彩が、どんどんあせて、影になってゆく。

もう物の形は判らない。かすかにあるのは影の濃淡。が、やがてそれも、これ以上の黒はないという、真の闇にのみこまれてしまうだろう。

暗くて、黒くて。何もない。傷つけるものもないかわりに、本当に何もない。

信じられない程、寒かった。体の奥深い処が、ぱきぱきと音をたてて氷になってしまったよう。冷たい黒い氷の芯。そのまわりの、シャーベットのような半分凍りかけの心。

怖い。どうしよう。

このままついっと意識を楽な方へ動かせば、あたしはあの冷たいものになってしまうんだ。

どうしよう。どうしよう。

切れない鎖をこのまま見るの嫌だった。だから、何もない処へ行こうとしたのだ。その何もない処が、こんなに暗くて、こんなに寒いなんて、思ってみもしなかった。

中心のまっ黒のものが、だんだん、広がってゆく。シャーベットみたいな、凍りかけの芯の周辺が、どんどん凍りついてゆく。つめたい青。知らなかった。青は、極限までつめたくなると、黒になるんだ。そして、黒は極限まで黒くなると――なにもなくなる。色彩も、形態も、何も。


ほんとうに、なんにも、ないの。

何という淋しさ。何という孤独。

だって、なんにも、ないの。

問いかけるものも、問いかけてくれるものも、答えてくれるものも。

だって、なんにも、ないのよ
愛するものも、愛してくれるものも。

ほんとに、なんにも、ないの
傷つけるものも、傷つけられるのも。

恨むものも、恨まれるものも。

もう少し。

中心の黒がささやく。巨大な無というマントをひるがえす死神。

もう少し待って。今、おまえも、のみこんでやる。今、おまえも、このマントの中に。そうすれば、もう、何も考えなくてすむ。何もなくなってしまえば、何もないということに気づきもしないだろう。

ほんとに、なんにも、ないの
死神のマントが近づいてくる。あたしは、必死であとじさる。

どうして逃げる。おまえは死にたいのだろうが。

でも、何もなくなるの、嫌。

　　嫌なの、嫌！

　　死神、そのマントをしまって。

　　近づかないで、
手が、動かない。体中。心も、もう動けない。

何よ。いざって時に頼りにならない腕。あたしはまだ死ねないのに。足も。胴も。

裏切者！　何で動いてくれないの。これじゃホースを外せない。これじゃ死神のマントから逃げられない。

自殺を企だてた人間が最後にもがくのは、きっとこの黒いマントのせいだわ。およそ生きている者ならすべて、無条件にそこから逃げたいと思うだろう。

何だって人間は、こんなことしなきゃ生きてゆけないんです。

和田氏の最後の問に対する答が、ふいに、目の前にうかんだ。

人間だからです。太一郎さんの言っていた、魔法の呪文。――私は、人間、です。そして、生きて、いるんです。

生きているから！

黒が、はじけて、飛んだ。

★

どさっ。

いたい。腰が。それから首が。

いたい？　感覚が戻ってきてる？

おぼろげながら視界に物がうつってくる。

煙草をくわえたままの太一郎さんが、脇につったっていた。口のまわりを赤くして、和田さん、床をはっている。太一郎さんの煙草、まだそんなに短くなっていない。ということは。あたしが発作的に首をつってから、まだほとんど時間がたっていないんだ。

「どお？　一度死にかけた御感想は」

「かんそうって……た……いちろうさん……」

あたし、しゃべれる！

「首が痛むんだろ。あざんなるぜ、それ。しばらくの間は」

ずきずきずきずき。

「放っとくと何やりだすか、本当に判んない子だな、あんたは。家出の次は自殺か」

「とめてくれた……わけ？」

シャワーのホースが切れて、凄いいきおいで水が出てくる。床一面水びたし。あたしのスカートもびしょびしょ。

「ま、そんなとこなんだろ」

「どうして」

「死にたかったわけ」

「ううん……全然！　でも、何だか一向にとめてくれそうになかったから」

「中途でとめたら、もう一回やってただろうが。どうせあんたのことだから。けど、一回死の直前までいけば、もうしないんじゃない？」

「……うん」

言ってから慌てて口許をぬぐう。やだ、首つりかけたせいかしら。よだれ。

「体重がかかってなかったからな。首の骨が無事なら、人間、そう簡単に死なん」

これだけ言うと太一郎さんは、床にできた水たまりの中に煙草をおとし、水の栓をしめ、窓を開けた。

「この部屋の空気、くさってる」

身が切られるようにつめたい風。

「寒い？　我慢しな。少しは頭ひややせ」

「水をとめないで下さい」

床の上の和田氏が叫んだ。

「水がとまったら、きりん草は完全に死んでしまう」

「殺しとけ、そんなもん」

「あなたは何も知らないから……」

「知ってるよ。あんたがあゆみにむかってどなった台詞は、ドアの外までよく聞こえた。殺しちまえよ。どうせ、水出しといたって、そろそろ死ぬ頃だろ。これだけ茎切られりゃな」

「そんな……」

「……あんたもこりない男だな。あんだけなぐっても、まだ目が醒めないのか」

「僕はきりん草にのっとられたわけじゃない！　自分の意志で」

「その台詞も聞きあきたよ。俺が言ってんのは、草があんたの体をあやつってるとか、そういうレヴェルの問題じゃないんだ。……言ってやろうか。今度の件は、全部あんたの責任だ。あんたが悪い」

え？　和田さんは、本当にそういう顔つきをした。言われたことがまるで納得できないというような。

「この部屋の空気――きりん草の想いっていうのは、優しさじゃない。それに気づかずにいたあんたが悪い。きりん草は――優しい草じゃなかったんだ。弱い草だったんだ」

★

弱いということは罪。

どうしてそんな。きりん草が力を持たず、人間のされるがままになるしかない、というのは罪ですか。

そういう弱さじゃない。精神的な弱さが問題なんだ。

太一郎さんと和田氏のやりとりが、そのまま耳を通して、胸の中にはいってきた。頭じゃないの。胸なの。

あんたのいうところの鎖が切れなかったのは、鎖のあり様が間違ってたんだ。いいか？ みんながいい人なんで鎖が切れないんじゃない。みんな、悪いんだ。

あんたは、どうしようもなかったって言うけど、他にとるべき方法はいくらでもあったんだぜ。例えば。あんたはさかんに、きりん草に自分の意志で体を貸したって言っていた。けどね、何故、体を貸したんだ？ 本当にあんたがきりん草の為に何かやろうとしてたんなら、何だって自分の力でやらなかったんだ。教えてやろうか。その方が、楽だからだよ。

礼子さんのことにしたってそうだ。ふるならふる、一緒にきりん草を助けるなら助けるで、はっきりかたをつければよかったんだ。なのに、あんたはそれをしなかった。自分だけが苦しんでると思いこんで。自分が苦しいんだから、礼子さんが放っとかれて苦しんでることなんて、問題にしなかったんだろ。あんたはいいよ。良心で一杯の優しい悩める男の役やって、一人で苦しんで自己陶酔してりゃいいんだから。まわりの者のことなんか、これっぽっちも考えずにな。

で、結局こんな破局むかえて、で、あんたは何してた？　どうしようもなかったって台詞だけを、莫迦の一つおぼえみたいに連呼して、それだけだろ。そうやって、苦悩に満ちたハムレットやってりゃ、誰もあんたを責めんだろうしな。楽だぜ、本当。

だって、それじゃどうしたらよかったのかって？　最初に、直視するべきだったんだよ。あんたも——俺達も、人間で——生物で、他の生物の犠牲がなければ生きてゆけないってことを。本質的に、他の生き物殺さなきゃ生きてゆけない生物が、そこのとこ見ないで、どうしようっつってたって、どうにかなるもんじゃないぜ。

判んないか？　あんたは、自分が本質的に罪を犯さなきゃ生きてゆけない肉体構造をしてるってところ無視して——自分が悪だって処、無視して、で、鎖を作っちまったんだ。切れるわけない。はじめが間違ってる。

何で間違ったのか、言ってやろうか。

自分が悪だってことを認識しないで、どうしよう、どうしようって騒いでる方が楽だからだよ。精神的にな。

それを、弱いっていうんだ。

きりん草も、悪いんだよ。何であんたにとりつくんだ？　自分達の星が侵略されんのが嫌なら、何だって然るべき筋に話を通さない。何だって、ウラニウムの試掘がはじまった今頃、のこのこでてくる。

本来なら、第一回めの船がついた時に、連中は行動をおこさなきゃいけなかったんだ。ところが、連中は何もしなかった。みんなで困ったね、困ったねって言いあったくらいだろう。困ったね、のあとで、実際の行動を自分からおこせなかったんだ。自分が悪になるのが嫌で。あくまで犠牲者のまま、困ったねやってる方が楽だしな。

で、まあ、そうこうするうちに、仲間が何体か火星へ連れてこられて……行きがかり上、人間相手に、どうしよう、どうしようを始めたわけだろ。それもあんた相手に、だ。

何で今、あんた相手に、の処にアクセントおいたか判るか？　時期から見て、あんたの前に、あんたのおやじさんに話つけるべきだったんだ、連中は。ところが、あんたのおやじさんってのが気の強い男だったんだろう。それできりん草、仕方なく、どうしよう、どうしようを仲間うちだけでしばらくやってたんだろう。

そこへ運よく、おやじさんの病死ってアクシデントがはいった。目をつけられたのはあんただ。おやじさんと違って、どうしよう、どうしようってやってくれそうな人柄だからな。

判るか？　きりん草ってのは、優しくて事態がこじれるまでされるがままになってたわけじゃない。弱くて、自分より弱いのが出現してくれるまで黙ってたんだよ。

あんたが本当にきりん草のことを考えてやる気なら、何故、惑星開発局にまっこうから訴えに行かない？　ごたごたに積極的にまきこまれるのが嫌だったからだ。優柔不断にまきこまれちゃって、一人被害者の顔して、どうしよう、どうしようって言ってんのが楽だからだ。

そういうのは、優しいっていわない。弱いっていうんだ。

で、この件はみんな、あんたの弱さがひきおこしたんだぜ！

え！　おい！

☆

ぱあん。

思いがけない音がして、じっと太一郎さんの台詞に聞きほれていたあたし、はっと目をあける。和田さんが、うなだれながらも歯を喰いしばって立ちあがり、逆に太一郎さんのほおをなぐったのだ。

「これ以上は何も言わせない」

「あん？　何だって」

音が派手な割に被害が少なかったらしく、太一郎さんは平然とうすら笑いをうかべてる。

「そう……確かにあんたの言ったように、僕がみんな悪いんだろうよ。けどね、あんた、何をした。何もしてないじゃないか、この件に関して。僕は……悲劇の主人公一人で演じて……確かに頼りない男だったって思うよ。その点は認めるよ。けど……これだって、精一杯考えてやったことなんだ！　あんたみたいに後から突然やって来て、言いたい放題言ってる奴とは違う」

「ほう」

太一郎さん、唇の端を少しあげ、右手を思いっきりしならせた。再び派手な音がして、和田さんのほおが赤くなる。でも。太一郎さん、だいぶ手加減してるのが判る。

「違うって？　どう違うんだ」

「僕は当事者で、あんたは部外者だ！　確かに、部外者から見れば、当事者は莫迦なことばっかりやってるだろうけど！　けど、当事者はそれなりに必死なんだよ！」

こう言い放つと、和田さん、再び太一郎さんなぐる。今度のはヒット。太一郎さんのほおが赤くなる。

「おーお、やってくれちゃって……たく、これのどこが虫一匹殺せない程優しい男なんだよ」

「優しさと誇りのなさは違うだろ！」

手おいの獣だ。今の和田さん。これ以上、この人を刺激しない方がいい。絶対、いい。太一郎さんもそう判断したのか、ふいにけんかごしの調子が消え、いつもの太一郎さんに戻った。

「ＯＫ。これでもとの和田明雄だな」

「え？」

「きりん草にとりつかれる前の和田明雄氏自身に戻ったんだろ、多分」

「何……？」

太一郎さんの様子が急に変わっちゃったので、和田さん、振りあげた手のおろし場所に困ってる。太一郎さんは、そんな和田氏をまるで無視し、あたしに向かって笑いかける。

「知ってた？　俺って割とサディスティックなの。自信喪失してる奴いたぶるの趣味なんだよね。元に戻っちまった以上、もういたぶっても面白くない」

「何だとこの」

大声でうなって突進してくる和田さんをひょいとかわし、えり首つかむ。

「落ち着きなさいよ、和田さんや。惑星開発局へ訴えでるやり方教えてやるから」

「え？」

「きりん草、放っとけないんだろ、当事者としては。れーこさんも聞いときなさい。あんた達、これからが大変なんだから」

「さて、今度はあんたの番だな、お嬢さん。少しは身にしみただろ、この仕事のややこしさ」

それから約一時間後。あたしと太一郎さんは、コートの襟をたてて歩いていた。ムービング・ロードには乗らない。歩きたい気分。

ムービング・ロードをはなやかな人達が流れてゆく。忘年会？　年末のカーニバル。華やかなコート、フレアスカート。赤。ピンク。ライト・グリーン。そして黄色。

「……」

「絵をといてみせるだけじゃ駄目なんだよ、やっかいごとよろず引き受け業ってのは。名探偵って奴と違うんだ。からみあった糸をほどいて、物をあきらかにするのが仕事じゃなくて、あきらかになった物の始末つけるのが仕事」

「……大変ね」

「だろ。なかなかつとまる仕事じゃない」

「ち、違うわよ。和田さん家《ち》よ。おおみそかから大そうじ始めなきゃ。きりん草の死体とあの水びたしの部屋……」

「何考えてたんだよ、まったく」

太一郎さん、くすっと笑う。何だろう、うすいむらさきの箱だして。

「木星煙草。軽いんだ」

キングサイズっていうのかな、長いの。だいぶ。その先に火をつけて。不思議だな、まわりの空気がこんなに寒いのに。火は何度あるんだろう。

「逃げるんなら今だぜ」

「何が」

「この仕事やめて、地球へさ。そんな気分になったんじゃない？　首つる前、しきりにお母さんごめん、なんてぶつぶつ言ってた」

「……気のまよいよ。きりん草のせいだわ」

きりん草の黄色の夢。人の心の優しい処を刺激して、たまらなく弱い気分にさせる。そう。ここで逃げたら、結局負けたのはあたしってことになるんだ。そして、人間ってのは、誰かを犠牲にして勝つより、戦わずして悲劇の主人公演ずる方が楽な精神構造してる、確かに。だから――だから、あたしは、悲劇のヒロインなんかにならない。なるもんですか。

「結局の処、あの草を見て、人間が優しい気分になれるっていうのは、コンプレックスをまるで刺激されない――むしろ、優越感を抱けるからなんだろうな。無意識に」

「嫌だな、そんな言い方」

「そうか？」

「……そうでもない、かしら」

古い敷石。遊歩道なんて、普通滅多に使われないから、全然改修されないんだ。人間が火星に最初にきた時のままの、古い敷石。

「別れ際に、れーこさん、何て言ったの」

ふと思いつく。彼女、何か小声で太一郎さんに耳うちしてた。

「ん、ありがとう、てさ……。恋人なぐってお礼言われるんなら、これから男見る度なぐってやってもいいいな」

「……あなたね、太一郎さん、どうしてそう、ひねくれた物の言い方するの」

「性分だろ」

くすっ。

「でも実際、あなたのそのサディスティックないたぶり方、きいたわよ。すっかり立ち直ってしまった」

「そりゃ結局、俺のせいじゃなくて、和田にある程度自尊心と強さがあったからだろ」

「あなたって、ほめるとすぐひねくれるのね」

「小さな頃から悪い子だったから、慣れてないんだ」

「ほめられて素直に喜べば可愛いのに」

「男が可愛くなったら世の中おわりだ」

「ふふ……。あのね、今、立ち直ったって言ったの、和田さんのことじゃないの。あたしのことなの」

「へ？　あゆみちゃんあんた、落ちこんでたの」

……たく。これだもんな。判ってるくせに。

「……話題を変えよう。先刻は言わなかったけど——惑星開発局に訴えでんのは、多分予想以上に難儀だぜ。これ含んどいてくれ。つまりね……基本的にいわゆる文明自体がヒガにはないだろう。その上、きりん草が知的生命体であるってことを、お偉方なかなか認めたがらないと思うんだ。言語——音声を持たない種と接触するのはむずかしいし、人類は、テレパシーによる会話ってのに慣れていないし——心の中のぞきこまれてる気分になるだろ。それに、きりん草のテレパシーって、もっぱら印象を送りこむの専門だろ……。連中が植物だってこともやっかいだし」

「でも……異星人と人類の初めての接触なら」

「阿呆。シノークに自生している木とか、メディの樹木、なんてのも、他の惑星の生命体なんだぜ。メディには、りすに似た小動物までいる」

「あ……そうか」

「それを考えるとね、惑星開発局へ訴えでるより、体貸す方が楽って発想がでてくるんだよ。とにかく、その大変な仕事を、和田夫妻はやんなきゃいけないんだから……」

「大変そうね」

「人事《ひとごと》みたいに言うなよな。あゆみちゃん、あんた、それに協力しなきゃならんのだから」

「え！」

「今回の件は——群竹さんの方はそっちだけでカタついちまって、和田さんの方は、依頼人なしで、仕事として成立してないだろ。それ成立させて、仕事しないと、お金もらえないんだぜ」

「いいよお、お金」

「莫迦。あんた、趣味でこの仕事してんじゃなくて、プロだろプロ。……ついでに言っとくとね……ちょっと、怖いんだよな」

「怖い？」

「あんたが自殺しかけた奴ね——あれは、まあ、言っちまえば、あんたがちょっと弱い処刺激されるとすぐに死にたくなるような人柄だってこともあるけど……何で、だろうな」

「あん？」

「判んないけど——殺されたきりん草が、死ぬなら他の連中も道づれにしようって思ったのかも知れない。あそこでは、ああ言わないと決着がつかなかったから、きりん草弱いって決めつけちまったけど……本当は、連中、弱いだけでなく、人類に対して悪意を抱いてる可能性だって、考える気になればないともいえない」

「……」

「けどまあ、群竹さんのこともあるし。本当はきりん草は優しいのかも知れないよ。……でも、こういうのって、ある程度時間がたたないと判んないだろ。だから、怖いっつうの。俺はさ、和田氏やたら責めて、仇役《かたき》になっただろ。だから、この先、俺が表面で動くと、いたずらに和田氏の反発まねくだけの結果になるかも知れない。でね、あんたに言ってんの。もうちょっと事態がはっきりするまで、和田とれーこさんの相談役になってやんなさい」

「……太一郎さん……あなたって……ほんっとに……いい人ね」

驚いた。感動してしまった。

「いい人じゃなくて、プロなんだよ。それだけの話」

くじらがしおふく感じで、煙を吹きあげる。

「でも……あたしで大丈夫かな。まだまだ半人前だし」

半人前。ようやく判ったの。あたし、本当にまだ半人前。

どうしてこんなに素直になったんだろう。ふと思う。仕事が大変だっていうのを実感したからかな——違うや。多分、きりん草を見てしまったからだ。TVのドラマみたいに、世の中って割り切れるものじゃないって判ったからだ。

そして、心の中に広がる断片。首を振るきりん草、降り続く雨、死神のマント。

「半人前って認める気にようやくなった？　何であたしに仕事まわしてくれないんですっていきまいてたお嬢さんが」

「言わないでよ恥ずかしい」

「ふふん。矛盾して聞こえるかな。あんた、れっきとした一人前だよ」

「え？」

「うちの所長、ひねてるから。彼の論によればね、半人前だということを自覚した時から一人前なんだって」

へ……え。嘘みたいな話。

「半人前だって思ってないと暴走する訳。今回の誰かさんみたいに……もっともさ——あんたが、広明にだけ仕事させて、女性差別だって叫んだのは、ある程度あたってんだけどね」

「あん？」

「麻ちゃんでこりてんだよ、うちの所長。見かけによらずフェミニストでね、女の子に怪我させちゃ可哀想って意識が強いんだよね。麻ちゃんが最初のケースで大怪我したから……どうしたの。何か先刻から嫌に静かだな」

「考えてたの。いろんなこと……笑わないでね、太一郎さん。あたし——見たのよね」

「何を」

「死神のマント。まっ暗で、大きくて、何もなかったの。それから、優しいきりん草。永遠に降り続ける雨、さびれ果てた宙港、きりん草が首を振る処」

「で？　どう思う訳？　それ思うと、また死にたくなるの」

「ううん」

首を振る。そんなんじゃなくて。そんなんじゃなくて——何て言ったらいいんだろう。

「あのね――あれはね、どうしようもないって情景ではないのよね、もう。だけど、何ていうのかな、トゲみたいに心のどこかにひっかかってて、かすかに痛くて、でもそれだけなの」

「それで?」

それで。そう聞かれると、もう、二の句がつげない。

「……それでって?」

「それであゆみちゃんとしてはどうする気な訳? 心の中にトゲが刺さってる状態でさ」

「どうもしない。それだけの話。ただね……何となくね……ひやかさないでね。あたし……変な話だけど……あのさ、前より、大きい人になれると思うの」

「背が伸びる訳」

「あのね! そーゆーんじゃなくて」

「莫迦。判っててからかってるだけだ。本気で怒るな」

本当にまったく何て人。太一郎さん眺めながら、ふと思う。何かいそがしい年の瀬だったなあ。たいしたことしてないけど、精神的にえらく大変だった。それでね。これ言うとまた太一郎さんにからかわれるだろうから、心の中で。あたし――何ていうかな――来年はちょうど成人式だし――その――おとなになったような気がする。つまりその、何と言いますかその――あ、あたしも太一郎さんと同じだ、真面目な台詞言おうとすると照れて妙にひねくれる――早い話が、間違ってるかも知れないけど、大人と子供の違いって、こういうことだと思うんだ。

子供って、人生は素敵なものだって、ひたすら思う訳。大人って、ワン・クッションひねて、人生は哀しいもんだって、思う訳。でも、それでもやっぱり素敵なんだって……あ、やだ、恥ずかしい。半年前は比較的照れずに大上段に構えた台詞言えたのに。何だか齢を感じますなあ。

「どうしたの。一人で赤くなって」

「え、あ、あ、何でもなあい！」

嫌だ、太一郎さん。まったく、人をからかって遊ぶことにかけては天才なんだからあ。サディスト！　うー。

「ははん。何考えてたかあててみせようか」

「いい！　いい！　遠慮！」

「遠慮しなくっていいよ。あのね」

「わー!!」

叫んじゃう、もう！　この人に二の句をつがせない為には。何かしゃべるぞ！　えーと！

「あのね、あの、あたしね、なくなってきたわ、自信」

「何に？　この仕事続けんのに？」

「違う。前によく言ったでしょ。あたし、自分の運がいいことには自信あるって……自信なくなってきた」

あれ。何だか……言ってるうちに……本当に自信なくなってきた。やっぱりさ、どうひいき目にみても、こんなパートナーと仕事するっていうの……運、悪い、よ、ね？

「はん？　どうしてさ」

それから太一郎さん、にやっと笑って。

「あんた、運、相当いいぜ」

「どこが」

「俺とお知りあいになれたじゃない」

……！　人の気を知ってか知らずか。たく。本当に……何て人！

「太一郎さん、あなたって人は本当に……」

「本当に？」

「……いい、男、ね」

あ、もう。ふきだしてやんの。

「あんたの台詞じゃないぜ、それ」

はん。勝手に笑っとけ。もう二度とほめないからね！

「お尻に卵のからくっつけた女の子が……はは……笑っちまうぜ、本当」

放っとけ！　言った本人も、一応、照れてんのよ、このデリカシー欠損症！

太一郎さんは、しばらくくつくつとのどの奥で笑い、それから急に真面目な声になった。そして。

「……ありがとよ」

「え？」

「ありがとっつったんだ。こんなこと二度も言わせんな」

「あ、あ！」

笑っちゃうわよ、本当。

「太一郎さん照れてる！　顔が赤い！」

「放っとけ！」

「あはっ、は、は、は」

仇をうつ感じで、あたし、ひたすら笑う。笑っているうちに、何だか本当にしあわせな気分になって。うん。あなたとお知りあいになれて、良かったわ。

と。太一郎さん、急に嬉しそうな表情になる。にやっ。

「あ、そうそう。話題変えようぜ。ところでさ」

何だか嫌な笑い方。

「おせち料理できてる？」

「え！　あ……あ………」

「雑煮なんて、ここ何年か食ってない。すご、おく、期待してたんだが……まさか期待を裏切らないだろうな」

「え、あの、その」

「期待裏切るわけないよな。あゆみちゃんはいい子だもんな」

「うっ……太一郎さん……あなたって人は……」

「いい男、なんだろ」

「う……。き、汚ないわよ、おせち料理で仇をとろうなんて！」

「仇って何だよ。俺は単におせち料理と雑煮喰いたいだけ。あんた、田舎どこ？　東京？　嬉しいなあ。もろ、東京風、雑煮が喰える」

「あ、あなた、あたしに徹夜しろって……」

「誰がそんなこと言った？　曲解しちゃいけない。俺は単に雑煮をね」

前言撤回！　これのどこがいい男だ！　これのどこが、お知りあいになれてよかった、だ！

でも。

うなりながら、黒豆がどうのこぶ巻きがどうのって言ってる太一郎さん見ると――それでも。やっぱり、あなたとお知りあいになれて、よかったの……かな。多分。ひょっとして。下手
すると。おそらく。きっと。

きりん草がゆれる。哀しい情景。認識してしまったあたしの原罪。首を振るきりん草。大切な傷。傷をおった人間は、その傷故に、本当に優しくなれる――。

みつばが、とり肉がと言い続ける太一郎さん。あたしより多分傷が一杯あって、それでも

——それだから言うの。

「雑煮にはしいたけもいれてくれ」

あなたと、お知りあいになれて……良かったわ。本当に。きっと。

絶対——


〈Fin〉

水沢良行の決断

「……あのなあ……太一郎《たいちろう》」

火星の水沢《みずさわ》総合事務所にて。所長である俺、水沢良行《よしゆき》は、もう何度目か判らないため息をつくと、微妙にそらしていた目を、自分の前の椅子に坐っている、山崎《やまさき》太一郎に向ける。

というのは。こんなことをしているのは。俺の事務所の一番頼りになるホープである処《ところ》の所員・太一郎が、そもそもあり得ないような判断を下して、しかも、その〝尻〟を、俺の処まで持ってきたからだ。太一郎は、自分が下してしまった、〝とんでもない判断〟の尻を拭くことを、俺に無言で要求している。

こんなことは、太一郎の性格から言って、そしてまた、俺達二人の関係性から言って、まず、あり得ないことなのに。(いや。太一郎が、各種の事案に対して、〝とんでもない判断〟を下してしまうことは、今までにだって、何回もあった。実際こいつは、かなりの確率で〝とんでもない判断〟を下してしまう奴なんだよ。だが、その尻を、俺に任せようとしたことは、今まで、一度だって、なかった。)

「……あのなあ……太一郎」

だが、二回、こう言ってみても、太一郎の視線は揺るがない。

ということは、太一郎は、本気で、この尻を俺に拭かせようとしている。

それがどうしても判ってしまったので、俺、ため息ひとつついて。

「……森村《もりむら》ちゃん……って、いったっけか？　おまえがうちの事務所に押し込もうとしている地球の女の子」

「あー、悪いな水沢さん、〝俺がうちの事務所に勝手に採用しちまった女の子〟だ」

……この言い方だと、森村なんとかっていう女の子を、俺の事務所が採用するのは、もう、太一郎の心の中では決定事項なのか。つまり、今更、俺が、「その子を採用するのをやめたい」だの何だの言っても、太一郎はそれを了承しないっていうことか。

だが。

色々状況を知るにつれ、俺が、森村あゆみという女の子を、自分の事務所に採用したくない理由は、もう、山のようにでてきたのだ。

というのは、まず。

この子は、地球から家出してきた女の子。

これだけで、採用したくない理由は、完璧に整っていると言える。

大体、出身が、地球というのが、凄い。

只今現在、地球に住んでいるというのは、それだけである種の特権階級である。

特権階級の女の子が家出してきて、そんで、火星で、就職したい？

そんなこと許して、それでもってのち、地球から苦情がきちまったら、その場合、責められるのは間違いなく〝家出した挙げ句に火星住人に迷惑をかけた特権階級の女の子〟ではなく、

〟それを引き受けてしまった不運な誰か〟だよ。そんでもって俺は、絶対に、その〟不運な誰か〟にはなりたくはない。

ましてや。問題になっている、森村何とかっていう女の子は、よりにもよって、地球日本の森村財閥の御令嬢だそうだ。だからどうして、よりにもよって、そんな〟特権階級中の特権階級〟のお嬢さんをうちに押し込もうとするんだよ。

大体が、だ。そんなお嬢さんが火星に来て、まあ別にうちの事務所でなくてもいいからどっかに就職して、それでやってゆけると思っているのか？　どう考えても、三日で泣いて帰るのが常識ってもんだろう。

それに、特権階級のお嬢さんって処を無視したって、娘に家出されちゃった親の方は、心配していない訳がないだろうがよ。まあ、その森村ちゃんって女の子は、火星ならとっくに成人扱いしておかしくはない年だから、火星の親御さんならほっとくかも知れないけれど、なんせ相手は地球の特権階級だぞ？　お蚕《かいこ》ぐるみで育てあげたお嬢さんが家出なんかしちゃって、さあて、あっちがどんなパニックになっているんだか。

「……あのなあ、太一郎……」

俺が、三度めのこの台詞《せりふ》を口にすると、さすがに太一郎も、ちょっと目をそらして。

「悪いと思ってるよ、水沢さん。だが……俺……どうしても、あいつをほっとけなくなっちまったんだよ。……その……非常に、言いたかないが……あれは、昔の、俺だ。……俺だって、最初は、へこんじまったあいつを地球に帰すつもりでいたんだ。だから、珍しく優しくしてやったんだよ。それこそ、大人が三歳児に優しくする感じで」

……太一郎が優しくしてやった……？　状況がちょっと想像つかない。

「したら、あいつはどんどんどんどん立ち直ってきちまいやがって、〃生きてゆくって恥ずかしいことなのね〃だなんてすっさまじく恥ずかしい台詞言いやがって、挙げ句に完璧に立ち直りやがって」

この太一郎の台詞からでは、森村某が立ち直ったのがいいことなんだか悪いことなんだかさっぱり判らないぞ。

「だから俺、優しくするのやめて、〃おまえは負け犬なんだよ〃って意味のこと言って……したら、あいつ、何て言ったと思う？」

判る訳がない。

「『何の為に手があるのよ！』って言いやがったんだよ」

「……すまん。意味が判らん。何の為に手があるんだ」

「破れた夢をつくろう為に、だ」

……これを聞いた瞬間、俺は思った。

ああ、もう、駄目だな。確かにこれは……確かにこれじゃ……太一郎が、その森村某にいれこまない訳がない。この言い方とこの開き直りとこの立ち直り方は、確かに昔の太一郎だ。こんなこと言う奴を、太一郎がほっとけるとは思えん。この瞬間、も、しょうがない、その森村ちゃんって女の子を、うちの事務所が引き受けるしかないって、俺は覚悟を決めたんだが……でも。

「だが、その子の御両親は？　娘さんが心配で、いてもたってもいられないんじゃゃ？」

ここで太一郎、また、目をそらす。それから、ふた呼吸おいて、しぶしぶと。

「あー、これまた、水沢さん、悪い。俺、それに関しては、麻《あさ》ちゃんに調査頼んじゃった」

って、おいっ！

「太一郎！　麻子《あさこ》をそういう話に巻き込むなって」

「いや、ほんっと、上っ面《つら》の調査だけ。なんせ、相手は森村財閥だろ、個人情報保護法なんて、あんだけ大きな財閥が相手だと、かなり抜け道があってさ。基本、森村ちゃんの家出は、意に染まない縁談が大きな動機だった訳で、その辺の処までは、マスコミに結構流れていたらしい。記事にする処がなかっただけで。麻ちゃんが拾ってくれたのは、主にそういう話題だけ。麻ちゃん、そういう情報を拾っただけで、ハッキングも何もしていないって。ましてや、奥の手なんか、全然使っていないって」

にしても。

「んでまあ、それによると、御両親は、森村ちゃんのことをそんなに心配していない……っていうか、むしろ、罪悪感を抱いている感じらしい。なんでも兄ちゃんがかなり頼りなかったみたいで、それが、森村ちゃんの家出をきっかけにしっかりするようになったんで、家出そのものは黙認している感じ。あとは、彼女の安否だけなんだけれど、シノークから森村ちゃんが手紙出しているから、〃とりあえず、家出のことは咎《とが》めない、無理に帰宅させようとも思わない、でも、いつでも帰っておいで、それまでは待つ〃っていう雰囲気になってるらしいぞ」

うーんーんー。〃兄ちゃんが問題〃だの、そーゆーことを言われると……ああ、余計、太一郎が、その森村某にいれこむ気持ちは……判らないでもないよなあ。俺の知らない処で、麻子を巻き込んだのはいささかどうかと思うが、麻子だって子供じゃない訳だし……。

んーんーんー。

何とも言い難く、俺がちょっと黙っていると、今度は太一郎の方から言葉をついできた。

「あと、さ。これ、水沢さんが興味持つかなって思ったんだけど」

「何だ?」

「森村ちゃん、この火星に来てから、猫を飼っているんだよ」

「それがどーした」

こう言いながらも、俺はこの瞬間、森村某に、マイナス一ポイントをつけた。

まったく知らない新しい星に来て、そこで新生活を始めるに際し、そりゃ、確かに寂しかったのかも知れないが、まだ自分の生計がたつのかどうかすらまったく判らない時期に、ペットショップで高価な猫を買ってしまう、それって、いかにも甘やかされた特権階級の女の子のやりそうなことだったので。

「んで、水沢さんは、当然、その猫って、ペットショップで買ったと思うだろ？」

「……え……だってその……違うのか？」

他に猫って、どうやって手にいれるんだよ？

「森村ちゃん曰く、拾ったんだって」

……拾った……？

瞬時、意味が、よく、判らなかった。

「それはあの……拾得物横領とか、そーゆー話、か？　じゃないとすると、誘拐……って言葉は、普通相手が人間の時にだけ使うか、なら、略取、か？」

ここで、太一郎、ちょっと笑う。くつくつと。

「ああ、やっぱり水沢さんは、火星の人なんだなあ。〝猫を拾う〟って、そういう意味に解釈しちゃうんだ」

☆

昔の地球の文献なんかを見ると。

犬とか、猫ってものは、結構〝拾って〟しまうことがあるものらしい。

そして、これは俺には（というより、火星育ちの人間には）、まったく判らない感覚だ。

だって、落ちてないだろう、普通、犬や猫。

というか、すべての犬やすべての猫は、地球から火星に来るに際して、厳重な動物検疫を経ている筈。ということは、現在火星にいる犬や猫は、そのすべてが、出自がもの凄くはっきりしている筈なのだ。（サラブレッドという馬は、その始祖が特定できているらしいのだ。んでもって、今、火星にいる犬や猫は、そんなサラブレッドよりずっと確かに、親猫や親犬が確定できている筈なのだ。）

現在の場合、人間が、地球から船に密航して、他の星に行ってしまうことは……ま、建前上は絶対にできないことになっているのだが、実際は、できる。アンダーグラウンドで、そういうことを商売にしている奴もいる。（そのかわり、他の星から地球へ密航することは、まず、絶対にできない。）

だが、現在の場合、人間以外の動植物が、他惑星に密航することは……これは、ほぼ、できないと言っていいんじゃないかと思う。この辺に関しては、ある意味、移民の生命線に関する事態なので（余計な犬や猫が密航してくることが問題なのではなくて、その犬や猫に付随して、妙な病原菌や寄生虫がはいってきてしまうことが大問題なのだ）、どんな星でも、自分の星の安寧を願うのなら、検疫だけは絶対にしつこくやっている筈だ。

と、いうことは。

火星にいる、猫は、そのすべてが、確実に所有者が判っている猫。

すべての猫の出自がはっきり判っているのだ、野良猫なんていうものは、まず、存在自体が、あり得ない。

と、いうことは、森村某が、「猫を拾った」とすると……それは、自分の家から、ついうっかり外に出てしまい、迷子になってしまった猫を、すでにその猫には飼い主がいるにもかかわらず、森村某が、勝手に「自分の猫」にしてしまったっていうケース。(森村某にそんな意識があったのかどうかは謎だが、でも、事実としては、これ、拾得物横領だな。)

あるいは、その辺を歩いている猫を適当に保護し(これは、森村某視点で。実は、その辺を歩いている猫を強制的に捕獲し)、それを自分の猫だって主張しているケース。(こちらは、略取という犯罪である。人間が相手なら、これは、〝誘拐〟と呼ばれる。)

いや。

確かに今の火星で、〝猫を拾う〟って言ったら、この二つ以外のケースは、いささか考えにくいんだが……この太一郎の反応を見ている限りでは、これ、違うのか?(というか、基本的に火星の猫は、その辺を歩いてはいない。猫特有の感染症が、猫同士のけんか等で感染してしまう事例が、猫の故郷である地球で多々あったので、只今、普通の感覚を持った猫の飼い主は、自分の飼い猫をまず絶対に単独で外に出したりはしない。また、そういうふうに育てられた猫は、普通、自分から外に行こうとはしない筈だ。)

なのに。森村某は、猫を拾った？

それは一体、どんな事態なんだか……。

「水沢さん、知ってるか？　昔は、捨て猫や捨て犬には、独特の様式美っていうものがあったらしいんだよ」

っておい。そもそもあり得ない、捨て猫や捨て犬の〃様式美〃って……。

「一番一般的な奴でいうとね、段ボール箱があって、そこに、犬や猫の仔が捨てられている訳。段ボールには、『この子を拾ってください』だの何だのって書いた紙がはりつけられていたりする」

……うーむ。その状況を、想像してみる。……だが、悪いけど、よく判らない。

「水沢さんにはよく判らない状況だろうと思う。けど、これ、子供時代を地球で過ごした俺や、生粋の地球育ちである森村ちゃんは、よく知っている状況だったんだよ」

「……と……いう、のは？」

「森村ちゃん、地球のほんっとおのお嬢さまだから。地球日本では、未だに〃捨て猫〃っていうものが時々はあって、それも、いわゆる〃高級住宅地〃って呼ばれる処ではよくあって、そこではそんな〃様式美〃を守ってるケースが多くって、だから、森村ちゃんも、自分がよく知っている〃状況〃だから、こんなことが書いてある段ボール箱の中にいる猫を、拾ってしまった」

……ああ……成程……って、一瞬、理解しそうになって、次の瞬間、俺は殆《ほと》ど叫んでしまう。

「ちょっと待て！　と、いうことは、だな、森村某がいた世界では、普通、猫が段ボール箱にはいって捨てられていることがあるとかいうのかっ！」

「あるとかいうんだ」

「だって検疫が……その猫の素性が……あ……あ、ああ」

叫んでいるうちに、自分で判った。舞台が地球なら、ああ、成程、これは、あり、か。万物は地球で発生したのであり、あそこにいる生き物は、普通、検疫をされていないよなあ。検疫なんかなくって当然なんだよなあ。

でも。だからと言って。

「……本当に、そういうことが……よく、あるの……か？」

何だか信じられない。

「いや、まあ、滅多にあることじゃないよ。特に猫だからなあ。猫の場合、メスの乳癌《にゅうがん》の発生率がかなり高く、予後が良好ではないことが多いから、ブリーディング目的の猫以外は、普通、初潮前に避妊手術をするからなあ。故に、飼い猫が勝手に繁殖してしまうっていうケースは、まず、ないんだが。……けど、まあ、ない訳じゃ、ない。しかも、高級住宅地なら、これは、あるかも知れない。普通の家と違って、高級住宅地なら、いるのは血統書つきの猫ばっかりで、なら、将来のブリーディングを見越して、避妊してない奴もある程度いる筈、だから、いきなり仔猫ができてしまう可能性もある。故に、森村ちゃんが住んでいたような高級住宅街では、逆に、古式ゆたかな〝捨て猫〟がいた可能性はある」

判った。そこまでは、判った。

「……で……その……森村某は……猫を、拾ってしまった、と」

ここまでも、判ったって言ってまずいことはないだろう。

「ああ。〝様式美〟にのっとって、『この子をお願いします』って書いた札がついている段ボール箱ごと」

でも。

俺の感覚からいえば。

この辺から先が、判らない。実際の話、段ボール箱にいれられて捨てられている猫、その辺からして、まず、判らない。想像できない。

だが、太一郎は、続けて言う。

「とにかく、森村ちゃんは猫を拾ってしまった。んで、その猫にバタカップって名前をつけて、可愛がっていたら、その後、散歩に出ると、妙に会う子供がいる、と」

……？　さて、この話はどこに繋がるんだ？

「森村ちゃんがバタカップを拾ってから、外に出ると、妙に出会う子供がいたらしいんだよなあ。……ま、猫を拾った森村ちゃんを拾った責任上、時々彼女に会いに行っていた俺が、やたら会うなーって思うくらいには頻繁に、会う、子供が」

ああ。

ああ。何だか俺、その理由が判るような気がする。

森村某が、普通あり得ない状況で猫を拾う——森村某を拾った太一郎が森村某に会う——その度に会う人がいる——それは子供だ。

その理由は、何だろう。考えられることは、何だろう。想像が、ついてしまう。

「でも、森村ちゃんには、これがまったく判っていない。ただ、何を思ったのか、時々彼女、バタカップを外に出すようになってさ」

「猫をか？　外に？」

「いや、バタカップはかなり森村ちゃんに慣れてきたから。だから、彼女が一緒にいる以上、どこに出しても彼女から離れないから、大丈夫だったんだけれどね」

でも。とはいうものの。

これはなんだかかなり危ういことのような気がする。

というか、普通、猫の飼い主は、自分の飼い猫を外に出したりはしないだろうがよっ。逃げられたらどうするんだっていうか、なんか、突発的な事故があって、自分と飼い猫がはぐれてしまったらどうするんだろう。とても困る事態に陥るのは、もう、目に見えているではないか。

なのに、そんなことをやる、森村ちゃんっていう女の子は……。

いや。

今、俺が考えている事実が確かなら、これ程正しい対処はないいんじゃないかと思えるのだが……どうも、この〝森村ちゃん〟っていう女の子は、そんなこと、思ってもいないような気がするぞ?

「森村ちゃんという女の子は……莫迦、か?」

他に解釈のしようがないぞ。

すると太一郎、またまたくすくす笑って。

「ああ、莫迦なの。とんでもなく莫迦なの。あんな莫迦、俺は他に見たことがない」

でも、その言葉とは裏腹に、太一郎の様子は、なんだか妙に嬉しそうで……〝森村ちゃん〟が莫迦であるのが、嬉しくってたまらないという感じがして……。

ここで。

ここまできて、やっと。

俺は思い出す。

話を最初の処まで遡《さかのぼ》る。

そんで、俺は、確認をする。

☆

「森村某は、この火星で、猫を拾ったんだな？　それも、おまえが様式美だの何だのって言うってことは……その……なんだぁ……考えたくもないんだが、段ボール箱にはいっていて、『この子を拾ってください』だなんて書いてある、仔猫を」

「そういうこと」

ありえないあり得ない。これは、常識的に言って、絶対にあり得ない事実だ。だが、太一郎がこう言うということは、実際に、そんなことがあったのだろう。そんで、そんな、あり得ないことがおこってしまう水面下には……。

「……子供、か」

それしか、考えられない。

今の火星では、猫の繁殖には、おそらくすべて、人の手が係わっている筈。自分で繁殖をさせようとした猫が子供を産んだからといって、それを段ボール箱にいれて捨てる人間は、まず、いない。繁殖した仔猫を売ろうとしていた人間が、仮にそれに失敗したとしても（猫が勝手に交配してしまい、欲しかった純血種の猫が雑種になってしまったとしても）、その仔猫を段ボール箱にいれて遺棄するというのは、も、絶対にあり得ない。そんなことより、もっとずっと楽で合法的で問題が起こらない遺棄方法が、哀しいことに、ある。うん、その場合、大人なら、余計な繁殖の結果生まれてしまった仔猫を、合法的にあとくされなく、衛生的に始末する手段を……とれる。

なのに、こんな遺棄方法をとったということは……。

「ちょっと調べてみたら判った。森村ちゃんが猫を拾った御近所には、日本猫系のミックスを生産しているブリーダーがいた」

「……ミックス?」

「ああ、雑種、雑種、雑種。んで、このブリーダーの両親が旅行中に、どうも母猫が最初の出産しちゃったらしいんだよね。親の留守中に、まだ早いのに、全然そんな時期じゃない筈だったのに、いきなり飼っている猫が出産になっちまって、留守番していた子供はとっても焦ったらしいんだけれど、無事に三匹程、ミックスの猫が生まれた」

「成程」

「そんでもって、その子達は、無事に引き取られていって、めでたしめでたし」

なのに、この時、〝捨て猫〟が発生したというのか? それも、〝様式美〟だなんて表現を、太一郎をしてさせるような。

「じゃ……その〝捨て猫〟は、何だって……」

「……あー……それは多分……その時、親猫の出産の時、いたのが、子供だから。子供、だけだったから」

あ。それは、なんか、とっても嫌なことを想像させる。

「……子供が……生まれたばかりの猫の仔に……接触しちまったのか……」

「としか、思えないんだなあ、俺は」

★

仔猫が生まれた瞬間。

ブリーダーをやっている親は、判っていただろう。この時期の、親猫及び仔猫には、絶対に不用意な接触をしてはいけないって。

ところが。

親の留守の間に、いきなり猫が出産になってしまい、あせった子供は、それを判ってはいなかったんだろう。

だから、生まれた瞬間。生まれた仔猫を、抱きとってしまったか、まあ、それに類することをやってしまった。「かわいー」とか言って、やたらめったら触りまくってしまった可能性もある。

猫の場合、複数の子供を産むのは普通だから、二匹目、三匹目が生まれる前に、まず、一匹目を抱きとってしまい、そんでもって、人間の子供がその猫を手中にきゃわきゃわはしゃいでいる間に、猫の親は子供を全部産み終えてしまった。出産を終えた猫の親は、生まれた二匹目からの子供を舐《な》め、その仔達を自分の子として認識し……。

多分、猫の方は、初産。

そんでもって、初産の最初の子供を、まず人間に触られてしまったら……いじくりまわされてしまったら……猫の親は、自分の仔猫を、もう、自分の子供だとは認識してくれなくなる可能性がある。いきなり育児放棄してしまうのだ。人間の手に抱きとられた瞬間、自分ではない臭いがついてしまった瞬間、それはもう、知らない仔猫になってしまうことがあるのだ。

んでもって、今度は逆に、人間の子供の方が、それが判らない。

「あ、出産、終わり？　じゃ、この仔があなたの最初の子供だから」

っていうんで、自分が抱きとってしまった仔猫を、親猫に押しつけても……親猫は、それを、完全に、無視。人間の（というか、知らない生き物の）臭いがついているものは、それは、もう、自分の子供じゃない。

この押し付けあいが、どのくらい続いたのかは判らない。

だが、ある程度時間がたった処で、人間の子供の方が、判ったのだろう。

この猫は、母親であるにもかかわらず、この仔を育ててくれる気持ちがまったくないって。

……どうしていいのか判らない。

この時の、こんな状況に立ち至った、そんな子供の気分としては、もう、これしかないだろう。

どうしていいのか判らない。

しばらくは、この子、仔猫を保育しようと思ったのかも知れない。努力もしたかも知れない。

だが、生まれたばかりの仔猫の保育には、結構手間がかかるのだ。

生半可な覚悟で、それも子供が、できることではない。

そこで、しょうがない、そんなことになっちまった人間の子供は、その仔猫を昔ながらの方法で捨て、それを森村ちゃんが拾っちまって……。


「まあ、よくやったと思うよ、森村ちゃん。まだ、エサも自分で喰えない、排泄《はいせつ》も自分じゃできない仔猫だからね、スポイトでミルクやって、ティッシュで肛門や尿道を刺激して」

ああ。この一事をもってして、森村ちゃんという女の子が、とても責任感があり、真面目な子だということは、よく判ったのだが。

だが。

もう一回、聞くぞ。

「その、森村ちゃんっていう子は、莫迦か？」

「ああ、もう、莫迦も莫迦。いい加減どうしようもない程の、莫迦」

こう答える太一郎は、何故かとっても嬉しそうだった。

「その状況で、猫拾っちまって、外にでると妙に出くわす子供がいる。なのに、その子供が何であるのか、その子供と、拾っちまった仔猫との関係に気がつかない、そんな、莫迦なのか？」

「ああ、そんな、莫迦」

「なのに、何故か、まるでその子供に見せつけるようにして、ほら、あの仔猫は自分が保護したから大丈夫だよって教えるようにして、仔猫をつれて外出するようになった、そんな、莫迦……なの、か？」

「そんな、莫迦」

……どんな莫迦なんだ。

どれ程の莫迦で、その上、どんだけカンがいい莫迦なんだ。しかもそれを自分でも意識していないとすると……どんだけ、すっさまじい、莫迦なんだ。

俺がそんなことを思って、ちょっと言葉に詰まると、すかさず太一郎。

「どうだ？　水沢さん、こんな莫迦、気にならない？」

気にならない筈がないだろう。

「こんな莫迦が一人事務所にいたら、ちょっとめっけもんだと思わない？」

ああ、ああ、思っちまうよ、残念ながら。

あまりにも、面白すぎるぞ、そんな莫迦。

個人的に、そこまでの莫迦なら、ぜひ、手近において観察したいような気もするし……何よりも。

ここまで莫迦な奴は、将来、きっと、化ける。

これはもう、ぜひ、羽化の瞬間を自分で見届けたい。その前に、これは、もの凄く将来性があるかも知れない人材だ。（同時に、もの凄く駄目な奴だって可能性もある人材なんだが、太一郎がこんなに嬉しそうに〝莫迦〟を連発するのだ、〝将来性がある〟方に賭けようと思う。）

勿論《もちろん》、こんな莫迦の求人広告なんて出しようがないから、もし、太一郎が言っていることが本当ならば（そして太一郎はこんなことで俺に嘘は絶対につかない）、それは、確かに、ちょっとめっけもんの人材であるのかも知れない。

……参った、としか、言いようがないわな。

数秒の沈黙の後、俺はしょうがない、いさぎよく白旗を揚げた。

「判った。その……森村あゆみ、か。うちの事務所で引き受けよう」

この瞬間。

うちの事務所の人間は、六人になった。
俺、水沢良行と、山崎太一郎、田崎麻子、熊谷正浩、中谷広明、そして。
森村あゆみ。

〈Fin〉

あとがき

あとがきであります。

……うっわあ……『星へ行く船』のあとがきだ。

なんか、ちょっと、感無量です。

私は、とてもあとがきを沢山書く作家なのです。(今の処《ところ》、あとがきがついていない本を出したことがない。同じ内容の本でも、単行本が文庫になったり、その文庫が違う出版社に移籍したりする場合、常にあとがき、新たに書いてます。だから、本によっては、あとがき、四つも五つも書いてしまったものがあります。)なのに、この本は……あとがき書くの、まだ二回目だあっ!

うわあ、なっつかしいなー、そんでもってなんだか嬉しいなあ。

また、『星へ行く船』のあとがきが書けるだなんて。

今回、これが「決定版」だ！っていうつもりで、作りました。

★

ほんっとに久々に、『星へ行く船』シリーズが再び発行されるんですもの、でき得る限り、神経遣って、あっちこっち校正しまくり、「決定版」を作ったつもりです。

校正。

勿論、誤字を直すのは当然なんですけれど（基本、この本の親本、コバルト文庫版は……まあ、コバルトには大変お世話になったので、あんまり否定的なこと言いたくないんですが……「本気で校閲はいってないいな？」って、作者である私本人が信じるくらい、校閲、なんにもありませんでした）、それ以外にも。

時代的な齟齬《そご》も、できるだけ直しました。（時代的な齟齬……つまり、このお話書いた当時には普通にあって、日常の〝もの〟として描写されているのに、なのに、今はすでにない、つまり未来にある訳ない〝もの〟のことですね。）

ああ、一番判りやすい例はこれだ。前にもどっかで書いたかも知れませんが、カセットテープ。

……これ、そのもの自体が、今、ない、です、よね。昔はどのレコードショップ（って、レコードがそもそも今ないかあ）にだってあり、コンビニだって売っていたのに。今、これを見たことがある中学生、高校生って、存在するんでしょうか？

あとは、まあ、ビデオテープ。特に（今回の原稿には出てきていないんですけれど）、VHSのビデオテープなんて、これまた、見たことがある中学生、高校生って、いるんかあ？（ことさら、中学生と高校生を問題にしているのは、これ書いた当時、読者対象がそんな年代の方々だったからです。）

そんで。

こういう、「どうしよう、もはやすでに、言葉が古いんじゃなくて、情報が古いんじゃなくて、肝心の〝そのもの〟自体がないー」って言葉は、できる限り、直しました。言葉を言い換えるだけじゃなく、読んでいて違和感がないように直したつもりです。

あと。登場人物のみなさまは、普通に、手帳だの鉛筆だのボールペンだのカッターナイフだのを携帯しておりまして、いや、私は今でもそれらのものをまとめて持って歩いてますんで、私はこれ、気にしないんだけれど、今、そういうの、持って歩いているひと、どのくらいいるんだろう……？　まして、未来では。

カッターナイフ持って歩くのが普通って、そりゃ、鉛筆を削るのに必要だからなんですが、紙に鉛筆で字を書いている以上、これは普通に必要な文房具なんですが、現在でも、これはかなり疑問と言われる可能性が高いです。テロの脅威がこんなに身近になってしまった今、私も、さすがに、飛行機に乗る時には、筆箱の中からカッターナイフ省くようにはしていますが。

(でも、あの、これ、あくまで普通の文房具なんだよ？　鉛筆使っている以上、絶対に必要なの。私、今だって、普通にノート持って歩いている時には、普通に持ってる。……職務質問されたらどうしよう……。)


ま、こういうのは。ちょっと直しようがない感じもしますが……できるだけ、違和感がないように、した、つもりです。というか、開き直って、「水沢《みずさわ》総合事務所のひとは、みんな古い習慣を愛しているんだよ！」って感じだと思っていただければ。

(私。なんか、お友達に、いわゆる〝おたく〟系の方がとっても多くて……私のお友達には、こんなもんじゃない、プラスとマイナス、どっちのドライバーも、セットで沢山常時携帯している方とか、懐中電灯を携帯している方とか、〝半田ごて〟なんか常備しているひともいます。〝半田ごて〟を常備し、携帯する必要性！　これ……ここまでいくと……さすがに私にもよく判らない世界になっちゃうんですが、きっと、その方にはその必要性があるんでしょう。それに較べれば、カッターナイフなんか、うん、ほんっと、当たり前の文房具だよなあ。)

うん。〝決定版〟を作りました。

また、担当編集の方が、とても愛ある校閲をしてくださったので、それがとってても嬉しくて。最初に出たゲラを見た時についていた付箋《ふせん》の山！

エアロックとエア・ロックが混在しているとか、「お酒を〝呑む〟と、コーヒーを〝飲む〟は、どうしますか？　統一しますか？」みたいな奴は、まあ、ちゃんとした校閲がはいった場合の定番なので、いいのですが。

それ以外に、全部手書きで、担当編集者の字で、「ここであゆみちゃんはこんな台詞《せりふ》を言っていますが、それはｐ〇〇のこの台詞と矛盾しませんか？」「ここでは宇宙服、軽いという設定になっておりますが、現在の宇宙服はこの程度の重量があります。未来の話ですので、〝軽く〟っていいのでしょうか。念の為」なんて書き込みと同時に、クリップで、只今現在の宇宙服の重さについての資料が添付されているのを見ちゃったりすると……。

ほんっと、私、嬉しくって、ありがたくって、涙でるかと思いました。むっちゃくちゃ、愛ある校閲だあっ！　ありがとうございましたっ！

勿論、これ、誠心誠意対応して、直す処は直して、直さないところはきっちり理由づけしました。（私がどんなに理由づけしたって、それ、読者の方には判らない話なんだけれどね、でも、私の中で、理由があるかないかで、多分全然話が違う。自分の中で理屈が通っていれば、私、胸はって、「これが決定版です」って言えますもの。）


とにかく。

私自身もできるだけがんばった、ちゃんと校閲はいってる、その上で担当編集は愛ある校閲をやってくださった、そして、今回、『星へ行く船』シリーズが再刊という運びになりました。


決定版、です。

☆

と、いう訳で、この決定版。

読んでいただけると、とても、嬉しいです。

ボーナストラックもついてます。

これについては、次のあとがきで、ちょっと詳しく書きますが、書き下ろし四本書いております。（……すみません。その上更に、このあと、四本、〝あとがき〟もつきます。どんだけ〝あとがき〟が多い作家なんだ私……。）

それでは。
お手にとっていただければ。
そして、読んでいただければ、私にしてみれば、本当に嬉しいです。
どうか、一人でも多くの方に、読んでいただけますように……。

2016年　6月

新井素子

新 井 素 子 ★ あらい・もとこ

1960年東京都生まれ。立教大学ドイツ文学科卒業。

77年、高校在学中に「あたしの中の……」が
第1回奇想天外SF新人賞佳作に入選し、デビュー。

少女作家として注目を集める。「あたし」という女性一人称を用い、
口語体で語る独特の文体で、以後多くのSFの傑作を世に送り出している。

81年「グリーン・レクイエム」で第12回星雲賞、82年「ネプチューン」で第13回星雲賞受賞。

99年『チグリスとユーフラテス』で第20回日本SF大賞をそれぞれ受賞。

『未来へ……』(角川春樹事務所)、『もいちどあなたにあいたいな』(新潮文庫)、

『イン・ザ・ヘブン』(新潮文庫)、『ダイエット物語……ただし猫』(中央公論新社)など、著書多数。

初出 ★ 本書は『星へ行く船』(1981年 集英社文庫 コバルト・シリーズ)を加筆修正し、書き下ろしを加えたものです。

星へ行く船シリーズ★1

星へ行く船

二〇一六年九月一六日　第一刷発行
二〇一九年三月一八日　第四刷発行

著　者　新井素子
発行者　松岡佑子
発行所　株式会社 出版芸術社
〒一〇二－〇〇七三
東京都千代田区九段北一－一五－一五 瑞鳥ビル
TEL　〇三－三二六三－〇〇一七
FAX　〇三－三二六三－〇〇一八
URL　http://www.spng.jp/

印刷・製本　中央精版印刷株式会社

ISBN 978-4-88293-491-2 C0093

星へ行く船シリーズ

全5巻刊行！

1★星へ行く船

本体一四〇〇円＋税

森村あゆみ、十九歳。〈ちょっとした事情〉で地球を捨て、火星へ家出中！ 地球から出航したと思ったら、やっかいな事件に巻き込まれ――表題作ほか、「雨降る星　遠い夢」、書き下ろし「水沢良行の決断」、新あとがきを併録。

2★通りすがりのレイディ

本体一四〇〇円＋税

火星にある水沢総合事務所に就職した、あゆみ。〈やっかいごと〉解決のプロとなるべく修行中！　ある女の子をボディガードせよという依頼が来るが……表題作ほか、書き下ろし「中谷広明の決意」、新あとがきを併録。

3 ★ カレンダー・ガール

新婚旅行へ旅立った水沢所長と麻子さん。麻子さんが誘拐されたとの知らせが入り、慌てて宇宙船を追いかけたあゆみと太一郎だったが……表題作ほか、書き下ろし短編と新あとがきを併録。

本体一四〇〇円＋税

4 ★ 逆恨みのネメシス

陰湿な手紙が届き落ち込むあゆみ。心配した太一郎がレストランへ連れ出す。太一郎が席を外した隙に、知らないおじいさんが近づいてきて……表題作ほか、書き下ろし短編、新あとがきを併録。

本体一四〇〇円＋税

5 ★ そして、星へ行く船

憧れの女性・レイディに拉致されてしまった、あゆみ。〈ある仕事〉をお願いしたいと持ちかけられる。その仕事内容は魅力的だが、理不尽な内容で……表題作ほか、「αだより」と新あとがきを併録。シリーズ完結。

本体一五〇〇円＋税